CES FEMMES QUI ONT FAIT L'ÉGYPTE

DU MÊME AUTEUR
CHEZ POCKET

La Reine soleil
Le Moine et le Vénérable
Le Pharaon noir
Toutânkhamon
Le Procès de la momie
Imhotep, l'inventeur de l'éternité
Le Dernier Rêve de Cléopâtre
Néfertiti
J'ai construit la Grande Pyramide
Sphinx
La Vengeance des dieux
Urgence absolue
Pharaon
Ces femmes qui ont fait l'Égypte

Le Juge d'Égypte

La Pyramide assassinée
La Loi du désert
La Justice du vizir

Ramsès

Le Fils de la lumière
Le Temple des millions d'années
La Bataille de Kadesh
La Dame d'Abou Simbel
Sous l'acacia d'Occident

La Pierre de Lumière

Néfer le silencieux
La Femme sage
Paneb l'ardent
La Place de vérité

La Reine liberté

L'Empire des ténèbres
La Guerre des couronnes
L'Épée flamboyante

Les Mystères d'Osiris

L'Arbre de vie
La Conspiration du mal
Le Chemin de feu
Le Grand Secret

Mozart

Le Grand Magicien
Le Fils de la lumière
Le Frère du feu
L'Aimé d'Isis

Et l'Égypte s'éveilla

La Guerre des clans
Le Feu du scorpion
L'Œil du faucon

Les Enquêtes de Setna

La Tombe maudite
Le Livre interdit
Le Voleur d'âmes
Le Duel des mages

CHRISTIAN JACQ

CES FEMMES QUI ONT FAIT L'ÉGYPTE

D'Isis à Cléopâtre

XO EDITIONS

J ÉDITIONS

MIXTE
Papier issu de sources responsables
FSC® C003309

L'éditeur de cet ouvrage s'engage dans une démarche de certification FSC® qui contribue à la préservation des forêts pour les générations futures.

Pour en savoir plus :
www.editis.com/engagement-rse/

ISBN : 978-2-266-29870-4
Dépôt légal : février 2021

À Françoise,
mon Égyptienne pour toujours

INTRODUCTION

La déesse Séchat, dont le symbole est une étoile à sept branches que protègent deux cornes, est la maîtresse de l'écriture, du dessin et du maquillage. C'est elle qui inscrit les noms royaux sur la tige verdoyante des millions d'années.

(D'après Champollion)

« On peut apprécier le degré de civilisation des peuples d'après l'état plus ou moins supportable des femmes dans l'organisation sociale », écrivait Jean-François Champollion. Comme souvent, le génial déchiffreur de la langue hiéroglyphique et père de l'égyptologie avait vu juste. En étudiant la civilisation de l'Égypte pharaonique, il avait constaté que les femmes y occupaient une place majeure, à la différence de la plupart des sociétés anciennes et modernes, y compris la Grèce, où la fameuse démocratie les reléguait à un rang inférieur.

Le voyage à travers l'histoire de l'Égypte ancienne que je propose dans ce livre, en évoquant de nombreuses figures féminines, illustres ou méconnues, montrera le rôle fondamental qu'elles y ont joué. Même en Occident, à l'heure actuelle, les femmes n'ont pas toujours accès aux postes et aux fonctions que les Égyptiennes du temps des pharaons ont remplis. Pas encore de femme cheffe d'État aux États-Unis et en France ; aucune femme au sommet de certaines hiérarchies religieuses, par exemple chez les catholiques et dans le monde musulman ; dans de très nombreux pays, ni indépendance économique, ni liberté de commercer, de léguer ses biens, etc.

Si l'on dresse le bilan de la condition féminine sur la planète, force est d'admettre que, concernant ce sujet précis, la notion de progrès est illusoire, et qu'en maints endroits il s'agit plutôt d'une régression par rapport à l'Égypte ancienne.

On jugera sur pièces : des femmes furent pharaons, orientèrent la diplomatie, l'une d'elles commanda une armée de libération, plusieurs grandes prêtresses furent nommées à la tête des temples, vastes organisations à la fois spirituelles et temporelles. D'autres présidaient la corporation des médecins, dirigeaient une entreprise, se mariaient avec l'homme de leur choix et, selon leur propre décision, disposaient à leur gré de leurs avoirs.

Le champ d'action et de liberté des femmes découlait du socle fondateur de la civilisation égyptienne, à savoir l'institution pharaonique. Or, l'être que nous nommons « Pharaon », terme signifiant « le grand temple, la grande demeure », n'est pas un individu, mais un couple, formé du roi et de la Grande Épouse royale. C'est ensemble qu'ils gouvernent et, lorsque le monarque quitte le pays, pour des raisons militaires ou économiques, c'est la reine qui assume le pouvoir. La dignité et la responsabilité, associées à la notion de couple unissant un homme et une femme, imprégneront la société égyptienne pendant trois millénaires ; et, dès la Ire dynastie, l'égalité entre l'homme et la femme fut une valeur essentielle.

Les premiers voyageurs grecs qui visitèrent l'Égypte furent profondément choqués par ce qu'ils ont considéré comme un spectacle ahurissant et scandaleux : des femmes se promenaient seules, sans mari ni tuteur, vendaient des produits divers sur les marchés, avaient la capacité de divorcer et jouissaient de mille et un droits dont n'auraient pas dû disposer, selon eux, ces créatures inférieures. Au crépuscule, quand les Ptolémées, des souverains grecs, gouvernèrent l'Égypte, ils n'eurent jamais cesse de les raboter et de soumettre les « femelles » aux « mâles ».

En Égypte pharaonique, pas de femme recluse au fond de la maison, pas de mariage forcé, pas d'interdiction de se déplacer, pas de vêtement obligatoire, pas d'interdit religieux, pas de soumission à une autorité masculine ; au regard de la situation actuelle dans un nombre considérable de pays, ce statut des Égyptiennes ne devrait-il pas servir de modèle ?

Pourquoi ce titre, *Ces femmes qui ont fait l'Égypte* ? Parce que le mot « faire, façonner, créer », en hiéroglyphes, s'écrit avec un œil. Au temps des pharaons, la femme n'était pas l'avenir de l'homme, mais son présent ; un présent irrigué d'un regard magique, sans lequel ni l'existence des humains ni leur société n'ont de sens.

1

ISIS, MODÈLE DE TOUTES LES FEMMES

Nephtys, « la souveraine du temple », et Isis, « le trône », enveloppent de leurs ailes Osiris et le ressuscitent grâce à l'air de la vie, triomphant de la mort.

(D'après Champollion)

La quête de la résurrection

Comme toutes les grandes civilisations, l'Égypte ancienne naît d'un mythe fondateur, celui d'Osiris et d'Isis, le couple royal qui procura à son peuple le bonheur, l'équilibre et la richesse. Mais le malheur guettait, Osiris fut assassiné. Et la mort naquit, chaque décès étant dorénavant considéré comme un crime.

Qui se dressa contre la mort ? Isis. Et comment la vaincre ? En inventant la résurrection, en ramenant à la vie le roi assassiné. C'est pourquoi elle devint la Femme absolue, celle d'où tout provient, et vers laquelle tout revient.

Le nom[1] d'Isis est remarquable : *aset* signifie « le trône ». Le roi ne s'assoit pas sur le trône, il en naît, Isis étant à la fois sa mère et son épouse. Du monarque

1. En Égypte ancienne, le nom est l'une des composantes de l'être, qui survit au-delà de la mort. Le nom d'un pharaon définit son programme de gouvernement. Une femme gardait son nom lors de son mariage et ne pouvait donc pas être appelée « Mme Henry Dupont ».

au plus humble de ses sujets, l'ensemble des anciens Égyptiens était « fils et filles d'Isis », donc en mesure de ressusciter s'ils respectaient la règle de Maât, justesse et vérité, et devenaient des « Justes de voix ».

Comment le drame central s'est-il noué ? Grâce au règne éclairé d'Isis et d'Osiris[1], une sorte de paradis avait été instauré sur terre. Le couple royal avait enseigné à son peuple les arts, les métiers et les techniques, et les humains vivaient en paix, jusqu'à ce jour maudit où le propre frère d'Osiris, Seth, céda au pire des vices : l'avidité. Ne se contentant plus de sa position, qu'il estimait subalterne, il voulait le pouvoir. Et sa conquête passait par un acte inimaginable : tuer.

Pourquoi Osiris se serait-il méfié, lorsque son frère l'invita à un banquet ? Le vin et le sens de la fête aidant, Osiris accepta l'étrange proposition de Seth : s'allonger dans un sarcophage. Naïveté fatale ! Il ne s'agissait pas d'un jeu, mais d'un piège mortel. Le criminel et ses complices s'empressèrent de clouer le couvercle et jetèrent le cercueil dans le Nil.

Stratégie insuffisante : Osiris survécut à cette tentative de meurtre. Trop tard pour renoncer ; puisque la noyade avait échoué, une solution plus radicale s'imposa : découper son corps en morceaux.

Seth triomphait ; Isis, l'épouse d'Osiris, refusa de s'incliner, face à l'irruption de la mort. Elle, « la grande magicienne », détentrice des formules de régénération, conçut un projet insensé : retrouver les parties éparpillées du cadavre et le reconstituer.

---

1. Voir C. Jacq, *La Légende d'Isis et d'Osiris, ou la Victoire de l'amour sur la mort*, Paris, MdV Éditeur, 2010.

Et cette quête pourtant impossible fut couronnée de succès ; seul manqua le sexe d'Osiris, avalé par un poisson. Ne désespérant pas, Isis se transforma en rapace, un milan femelle, et ranima le désir de son mari. « Bien que je sois une femme, affirme-t-elle, j'ai agi comme un homme. » Cette union surnaturelle, entre un oiseau et un ressuscité, donna naissance à un faucon, nommé Horus, et non à un humain. Et Horus fut le protecteur céleste de tous les pharaons qui prolongèrent l'œuvre d'Isis, « la Vénérable jaillie de la lumière ».

Fils d'Isis et incarnation d'Horus, Pharaon doit lier le ciel à la terre, et donner à l'art de gouverner une perspective d'éternité.

En faisant naître un nouveau roi, Isis terrassait la mort criminelle ; mais son combat n'était pas terminé, car Seth tenta de supprimer le jeune Horus. La mère dissimula son fils au cœur des marais du Delta, milieu hostile et dangereux, peuplé de créatures redoutables, comme les serpents et les scorpions. Assurant la transmission de la royauté salvatrice, Isis fut ainsi le symbole de la mère exemplaire.

Seule Isis connaît le secret de la lumière

Râ, le divin soleil, renaît chaque matin après avoir traversé les ténèbres et vaincu les forces du néant. Son nom, en hiéroglyphes, s'écrit avec la bouche, organe de l'expression du Verbe, et le bras, modalité de l'action ; et son véritable nom, ultime secret, n'est connu ni des divinités ni des humains.

Souveraine de la résurrection, Isis ne saurait être tenue à l'écart d'un tel trésor. Comment s'en emparer ?

En recueillant une exsudation de Râ, une émanation de son être intime, la mêlant à du terreau, et façonnant un reptile, capable de mordre le soleil, de lui infliger de terribles souffrances et de l'amener aux portes de la mort.

À quel médecin faire appel, sinon à Isis ? Elle seule serait capable de dissiper les effets du poison et de préserver la lumière fécondatrice. Une condition, cependant : en échange de ses soins, Isis exige de connaître le nom secret du soleil.

Ce dernier tenta de l'abuser, mais échoua et s'inclina. La guérisseuse devint dépositaire du mystère de la lumière, et ce privilège lui conféra une stature inégalable.

Isis fait renaître la nature

L'Égypte bénéficiait d'un don exceptionnel : la crue du Nil. Alors que la terre, assoiffée, se craquelait, et que le fleuve nourricier était à son étiage, chacun attendait un signe du ciel. L'eau et la prospérité reviendraient-elles ?

Au summum de la chaleur, en juillet, l'angoisse étreignait les cœurs ; la vie n'allait-elle pas s'éteindre ? Quand les astronomes, au travail sur les toits des temples, repéreraient-ils un signe favorable ?

Ce signe, c'est l'apparition de l'étoile Sothis ; lorsqu'elle brille enfin, c'est qu'Isis, versant des pleurs sur le cadavre d'Osiris afin de le régénérer, déclenche la crue, véritable source de Jouvence de la nature. Le flot gonfle, sa vitesse grandit, il ne tarde pas à déposer son limon fertile venu du Grand Sud.

La magie d'Isis, dont les cheveux forment les touffes de papyrus, a vaincu sécheresse et stérilité. De même qu'elle a ressuscité Osiris, de même elle ranime le pays entier, irrigué par le fleuve de vie.

Philæ, l'île d'Isis

Dans le sud du pays, à la hauteur de la première cataracte du Nil, un site fascinant. Des rochers, des chenaux, le scintillement des eaux sous le soleil, et deux îles, Philæ et Biggeh, incarnant le mythe d'Isis et d'Osiris.

Certes, à cause des deux barrages, et particulièrement du second, le monstre qui a modifié le climat et condamne les temples à une mort lente, le paysage actuel n'est plus celui des anciens ; de manière à éviter la destruction de l'ultime sanctuaire d'Isis, il a fallu le démanteler et le reconstruire pierre par pierre, sur un îlot émergé en permanence.

Emprunter une barque et découvrir Philæ, juste avant l'aube, vivre ici le lever du soleil qui éclaire le domaine de la grande magicienne, est une expérience inoubliable.

C'est à Dendera, en Haute-Égypte, que l'on célébrait rituellement la naissance d'Isis ; si d'autres lieux sacrés, tel Behbeit el-Hagar dans le Delta, étaient dédiés à la déesse, c'est à Philæ qu'elle survécut le plus longtemps, jusqu'à ce que les chrétiens massacrent sa dernière communauté de fidèles.

Ceux-ci la célébraient comme créatrice de l'univers, souveraine du ciel et des étoiles, maîtresse de la vie, soleil féminin, magicienne aux excellents conseils[1]. À la fois passé, présent et avenir, origine de tout bienfait, Isis garda une telle popularité que son culte se répandit non seulement à travers le bassin méditerranéen, mais aussi dans des régions fort éloignées de l'Égypte, par exemple en Europe de l'Est ; à la cathédrale de Gniezno, en Pologne, des bas-reliefs évoquent le mythe osirien.

Pour les adeptes d'Isis, la connaissance des mystères de la vie et de la mort était l'essentiel[2] ; et les cultes isiaques furent un sérieux concurrent du christianisme, lequel finit par l'emporter, non sans que la figure d'Isis inspirât celle de la Vierge Marie.

Une reine Isis

Thoutmosis III (1504-1450 av. J.-C.) fut l'un des plus remarquables pharaons de l'histoire égyptienne. Outre une vigoureuse politique extérieure, visant à protéger l'Égypte et à conforter la paix au Proche-Orient, il fut un grand bâtisseur et un gestionnaire scrupuleux, attentif au bien-être de la population, se préoccupant notamment de la santé publique.

Thoutmosis III était également un fin lettré, qui s'intéressa aux textes les plus anciens et s'en inspira pour rédiger un texte extraordinaire, le *Livre de la chambre*

---

1. Voir L.V. Žabkar, *Hymns to Isis in Her Temple at Philæ*, Hanovre-Londres, University Press of New England, 1988.

2. Voir F. Junge, « Isis und die ägyptischen Mysterien », in W. Westendorf, *Aspekte der spätägyptischen Religion*, Wiesbaden, Otto Harrassowitz, 1979, p. 93-115.

cachée, consacré aux mutations de l'âme royale et à son voyage périlleux à travers les espaces souterrains. Au terme de ce périple alchimique, elle renaît en s'incarnant dans un nouveau soleil. Et ce texte fut révélé sous la forme d'un gigantesque papyrus, dessiné sur les murs de sa tombe de la Vallée des Rois.

Sur l'un des piliers de cette demeure d'éternité, austère et riche d'enseignements, une scène surprenante : surgissant d'un arbre, une femme allaite le roi, représenté comme un adolescent ; nourri de cette substance pure et céleste, il croîtra afin de remplir sa lourde fonction.

Et l'inscription nous procure le nom de la déesse-Arbre : Isis. Or, Isis était également le nom de la mère terrestre de Thoutmosis III, et les deux femmes – la divine et l'humaine – se confondaient ainsi en une seule personne, illustrant le mythe de cette grande mère, à la générosité inépuisable, qui fut le modèle des Égyptiennes.

2

PREMIÈRE DYNASTIE, PREMIÈRE FEMME-PHARAON

Stèle au nom de la reine – Pharaon Merit-Neit, « l'Aimée de Neit ». Le mot *merit*, « aimée », s'écrit avec la houe, et la déesse Neit est symbolisée par deux flèches entrecroisées, qui évoquent l'art du tissage, mode de création de la vie.

(Abydos, musée du Caire)

On s'est longtemps interrogé sur la naissance de la civilisation pharaonique, et de multiples hypothèses furent émises, allant d'une invasion jusqu'aux extra-terrestres ! De récentes découvertes ont permis de percer cette énigme.

Vers 3300 av. J.-C., l'Égypte n'avait pas de gouvernement central ; divisé en deux grandes régions, le Delta ou Basse-Égypte, et la vallée du Nil ou Haute-Égypte, le pays abritait un grand nombre de clans, plus ou moins pacifiques. Le Delta était formé de marais, de lagunes et d'étendues verdoyantes ; la vallée du Nil voyait le fleuve serpenter entre deux déserts. Gazelle, Lion, Taureau, Oryx étaient à la tête de clans qui portaient leur nom et étaient attachés à leur indépendance et à leur souveraineté territoriale[1].

Narmer, appartenant à celui du poisson-chat, parvint à unifier ces clans, et à lier la Basse et la Haute-Égypte, acte rituel désormais représenté sur le trône des

1. Nous avons évoqué cette période tumultueuse dans *Et l'Égypte s'éveilla*, Paris, XO Éditions, 2010-2011, 3 vol.

pharaons. L'institution pharaonique était née, promise à devenir le plus long et le plus stable des régimes politiques que l'humanité a connus.

Narmer prit le nom de Ménès, « le Fondateur, le Solide, le Monument » ; sur ce socle inaltérable, les dynasties se construisirent. Et dès la première d'entre elles, une figure féminine surgit, Mérit-Neit, « l'Aimée de Neit ».

Qui est cette Neit ? Rien de moins que la créatrice de l'univers. Les chrétiens parlent de « Dieu le Père », les anciens Égyptiens de « Déesse la mère *et* le père » ; car Neit, dont le symbole se compose de deux flèches entrecroisées, était à la fois « le père des pères » et « la mère des mères », s'enfantant elle-même et produisant les autres naissances.

Pour engendrer le monde, Neit utilisa sept paroles ; et le Sept, lié au Verbe créateur, devint le symbole de la vie. Comment mieux l'illustrer que par l'océan d'énergie primordiale, immense étendue où apparaissent toutes les formes d'existence ? Neit est l'onde d'énergie qui anime ce milieu matriciel et le rend fécond[1]. Et pour en avoir parlé avec plusieurs physiciens, je peux témoigner que ce « modèle scientifique » ne les a pas laissés indifférents.

Ce n'est pas un hasard si le premier couple royal de la Ire dynastie unissait Ahâ, « le Guerrier », à Neit-Hotep, « Neit en paix ». Autrement dit, guerre et paix, combat et pacification, double nécessité de lutter et

1. Neit s'incarne dans un coléoptère, *Agrypnus notodanta*, un insecte lumineux qui s'autoféconde.

d'apaiser. Indissociables, ces deux polarités garantissent l'équilibre du pays[1].

Union du Nord et du Sud, de la Basse et de la Haute-Égypte, des polarités masculine et féminine, du roi et de la reine : cet aspect essentiel de l'institution pharaonique se traduisit par un dispositif symbolique touchant à l'éternité de la royauté, à savoir une tombe à Saqqara (au nord) et l'autre à Abydos (au sud).

Et voici notre premier pharaon, Mérit-Neit, qui dispose effectivement de deux demeures d'éternité, la tombe 3503 de Saqqara et la tombe Y d'Abydos. Ce dispositif, comme l'estimait l'archéologue anglais Petrie, ne laisse aucune place au doute : Mérit-Neit fut le quatrième monarque de la Ire dynastie et le premier pharaon de sexe féminin, ce qui ne posait aucun problème d'ordre étatique, législatif ou sociétal.

Les deux sépultures du pharaon Mérit-Neit sont comparables à celles des autres souverains de la dynastie, et l'on note même que celle d'Abydos est l'une des plus vastes et des mieux construites. La chambre funéraire est creusée au fond d'un puits, aux parois recouvertes de briques. Huit chapelles abritaient des vases, des jarres et d'autres objets rituels servant à célébrer un perpétuel banquet. Le sol de cette ultime demeure était couvert d'une sorte de parquet, un toit en bois la recouvrait.

À l'orient, deux grandes stèles de calcaire, proclamant le nom du pharaon Mérit-Neit. Là, serviteurs et servantes du *ka*, la puissance créatrice immortelle

1. « Je suis Il-Elle », affirme le principe créateur (*Textes des sarcophages* II, 161a).

de la souveraine, lui rendaient hommage et perpétuaient sa mémoire. Et comme de coutume, les membres de la cour royale furent inhumés autour du pharaon, médiateur entre l'ici-bas et l'au-delà. Soixante-dix-sept servantes, sans doute un nombre symbolique assurant une perpétuelle protection, étaient présentes à jamais.

Neit, modèle des tisserandes

En Égypte, utopie et mentalité doctrinaire sont bannies ; aussi toute perspective spirituelle trouve-t-elle sa traduction matérielle. Neit, si présente à la Ire dynastie, fut la créatrice de l'art du tissage, l'une des principales disciplines enseignées dans les écoles accueillant des filles.

Tisser et créer sont deux actes similaires, le premier révélant les secrets du second. Tous les vêtements proviennent du premier d'entre eux, la tunique blanche osirienne, liée à la résurrection.

La main est indissociable de l'esprit. La tisserande apprend à lier les multiples éléments de la vie, afin de produire une œuvre harmonieuse. Le mot *tches*, « nœud », signifie aussi « parole magique, efficiente » et « queue-d'aronde », unissant les pierres du temple.

Tisser le vêtement d'Osiris, appelé « Solide et Cohérent », permet de vaincre la dispersion et la mort ; et la parole, tissée et filée, écarte le malheur. La Vénérable (*Chentayt*) fabriquait, dans l'atelier de la Maison de Vie, les bandelettes qui serviraient à envelopper le corps de lumière d'Osiris et à nouer les barreaux de l'échelle permettant à l'âme de Pharaon de regagner le ciel d'où il était issu.

De nombreuses scènes illustrent l'art du tissage, presque exclusivement confié aux femmes durant l'Ancien Empire, puis ouvert à des auxiliaires masculins. Les ateliers produisaient des vêtements rituels, des tuniques, des pagnes, des robes, des draps, des pansements… Et une pièce de tissu pouvait mesurer jusqu'à vingt-deux mètres !

Tisser la vie : tel était l'objectif de la première femme-Pharaon.

3

LA REINE TIENT LE GOUVERNAIL

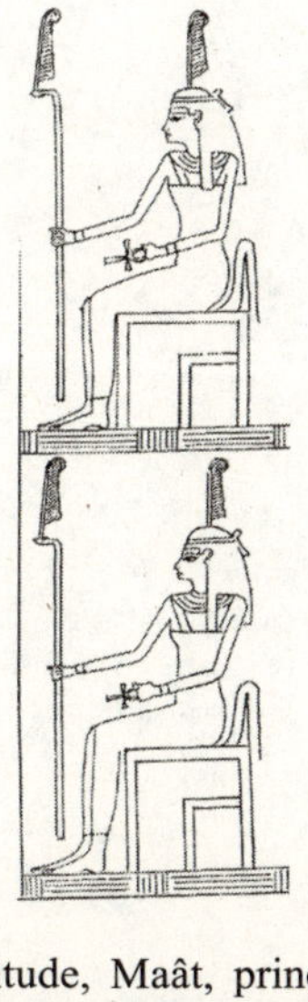

Vérité, justesse et rectitude, Maât, principe fondamental de la civilisation égyptienne, s'incarne dans une femme dont la tête est surmontée d'une plume, la rectrice, qui permet aux oiseaux de s'orienter. Lors du jugement de l'âme sont présentes les deux Maât, la céleste et la terrestre.

(*Livre de sortir au jour*, chapitre 125)

Construire l'Égypte n'était pas une mince affaire, et la réussite non assurée. En dépit des difficultés, les deux premières dynasties parvinrent à maintenir l'unité du pays, nourrie des rites, de la pratique de la langue hiéroglyphique, d'une administration efficace et d'une cohésion sociale.

Vers 2700 av. J.-C., un tournant s'amorce ; et c'est l'épouse du dernier roi de la IIe dynastie qui jouera un rôle important pour prolonger l'aventure, en révélant la clef du succès.

Cette clef, c'est son nom : Ny-hépet-Maât, « Le gouvernail appartient à Maât ».

En si peu de mots, quel enseignement ! Cette reine, considérée comme l'ancêtre de la IIIe dynastie, celle de Djéser et de la première pyramide en pierre, avait un programme « politique » d'une importance exceptionnelle.

D'abord, le gouvernail (*hépet*). Les anciens Égyptiens ne parlaient pas du char de l'État, mais du navire de l'État, car le Nil était une sorte d'autoroute sur laquelle circulaient moult embarcations, depuis la modeste barque d'un particulier jusqu'au bateau transportant des lourdes charges.

L'existence humaine était comparée à une traversée, qui amenait l'âme à bon port, à condition de savoir manier le gouvernail et de prendre le bon chemin.

Et la reine Ny-hépet-Maât nous offre une révélation fondamentale : ce gouvernail, grâce auquel l'État va dans le bon sens, n'appartient pas à l'humanité, mais à une divinité, Maât.

Maât est le socle sur lequel se dressent les statues, réceptacles de l'âme immortelle, donc une base immuable que rien ne saurait détruire ; elle s'apparente aussi à la coudée, contenant la règle de construction des temples, et au gouvernail du bateau.

Sur la tête de la déesse Maât, une plume d'autruche ; c'est la rectrice, qui détermine l'orientation des oiseaux. Au ciel comme sur terre, Maât, le fondement de la civilisation pharaonique, incarne la justesse – d'où découle la justice –, l'ordre dynamique, l'harmonie créatrice et la vérité. Tout pharaon gouverne selon Maât, la rectitude, qui assure la cohérence entre les dieux, les gouvernants et la société. Nul n'est au-dessus de Maât, et qui ne s'y conforme pas est voué à l'échec et à la mort.

Maât s'oppose perpétuellement à *isefet*, terme qui inclut les notions de destruction, d'injustice, de dégradation, de paresse, de mensonge et de tout ce qui entraîne vers les ténèbres et le mal. C'est pourquoi le premier devoir du pharaon est de mettre Maât à la place d'*isefet*, l'ordre à la place du désordre ; c'est pourquoi, aussi, l'institution pharaonique n'est pas un simple régime politique, mais procède d'une dimension spirituelle et métaphysique.

C’est grâce à l’omniprésence de Maât, depuis l’action de Pharaon jusqu’au comportement de l’individu le plus modeste, que la civilisation égyptienne ne connut ni la tyrannie ni l’esclavage. L’institution pharaonique, expression de Maât, doit protéger le faible contre le fort, et la justice fut, comme l’illustrent maints exemples, la valeur fondamentale de la société égyptienne. Même un simple paysan pouvait gagner son procès contre un notable, et le roi n’intervenait pas pour imposer sa propre loi. Et cette règle de Maât assura la stabilité et la prospérité du pays ; chaque fois qu’elle fut violée, soit pour des raisons internes, soit par des envahisseurs, survinrent des périodes de décadence.

De la reine Ny-hépet-Maât, nous ne connaissons rien d’autre que son nom, mais celui-ci nous fournit une indication précieuse ; si Maât régit l’État pharaonique dès la Ire dynastie, la fin de la deuxième marque un tournant. Le couple royal veut affirmer haut et fort l’art du gouvernement selon Maât ; et cette orientation donnera naissance à la IIIe dynastie, celle de Djéser et de son Maître d’œuvre Imhotep, qui érigeront à Saqqara la pyramide à degrés, le premier monument géant en pierre de taille.

Lors d'un rite de régénération, la déesse de la Voie lactée, Hathor allaite le jeune pharaon – quel que soit son âge – pour lui offrir la substance céleste qui lui permettra de remplir sa fonction.

(D'après Champollion)

4

LE TRÉSOR CACHÉ DE LA « MÈRE » DE KHÉOPS

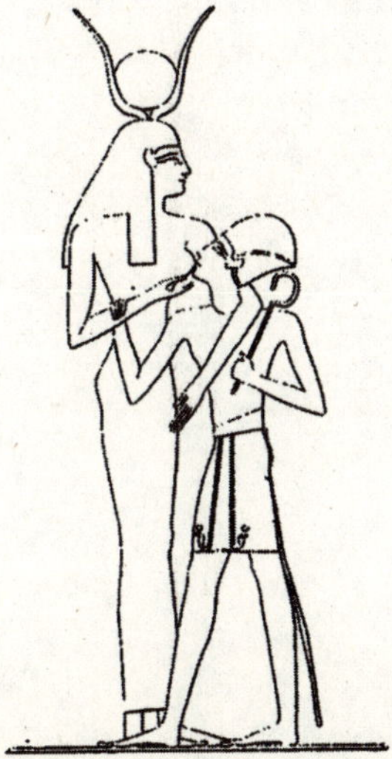

Lors d'un rite de régénération, la déesse de la Voie lactée, Hathor, allaite le jeune pharaon – quel que soit son âge – pour lui offrir la substance céleste qui lui permettra de remplir sa fonction.

(D'après Champollion)

Une insolite aventure archéologique

Qui se lasserait de parcourir et d'explorer le site de Guizeh, où se dressent les trois célèbres pyramides de Khéops, de Khéphren et de Mykérinos ? Elles sont les phares d'un immense domaine d'éternité, rassemblant, autour de ces trois monarques, hommes et femmes composant la cour royale et chargés de diriger l'Égypte de la IVe dynastie (vers 2613-2500 av. J.-C.), un pays stable, riche et puissant.

En février 1925, l'archéologue américain Reisner décide de fouiller la nécropole située à l'est de la grande pyramide. Adepte de la photographie, il demande à son spécialiste de prendre un maximum de clichés. Un support est nécessaire, et ce détail logistique est à l'origine d'une superbe découverte.

L'un des pieds, en effet, s'enfonce dans un creux. Surpris, le photographe se penche et décèle une couche de plâtre, un trompe-l'œil se confondant avec le sol rocheux.

À l'archéologue d'intervenir, avec une idée en tête : une tombe intacte aurait-elle été dissimulée à cet endroit ?

Première tâche : déblayer. Et l'on ne fut pas déçu ! Apparurent les marches d'un escalier, menant forcément à une sépulture qui avait, semble-t-il, échappé aux pillards.

Cet escalier aboutissait à un puits, qui fut vidé en une douzaine de jours ; et l'on imagine aisément l'enthousiasme des fouilleurs : l'espoir de découvrir un trésor caché se renforçait !

D'abord, à une dizaine de mètres de profondeur, une simple niche contenant des jarres à bière, un crâne et des pattes de taureau enveloppées dans des nattes. Ces offrandes épargnaient au propriétaire de la tombe de souffrir de la soif, et lui garantissaient la puissance créatrice du taureau, l'une des incarnations de Pharaon.

Et l'on continua à s'enfoncer au cœur de la terre, jusqu'à vingt-cinq mètres, pour atteindre le fond du puits. Le terme d'un rude effort ? Non, car un bouchon de pierres masquait, à l'évidence, l'entrée d'un caveau !

Et, le 8 mars 1925, les fouilleurs franchirent le seuil du domaine secret d'une des plus grandes reines du temps des pyramides, Hétep-Hérès.

Un trésor caché

Que contenait cette demeure d'éternité, si soigneusement dissimulée, tel un reliquaire souterrain ? L'équipement symbolique indispensable à l'âme de la reine pour parcourir les beaux chemins de l'au-delà et vivre en compagnie des dieux[1] nous révèle les magni-

1. Sur cette découverte et l'étude archéologique de la tombe, voir G.A. Reisner, *A History of the Giza Necropolis*, vol. II, revue et complétée par W. Stevenson Smith : *The Tomb of Hetep-Heres, the*

fiques objets dont était entourée une Grande Épouse royale de l'Ancien Empire.

Ce trésor était d'une telle valeur que Reisner et son équipe ne prirent pas moins de trois cent vingt et un jours pour remonter à la surface les divers objets, ce labeur étant ponctué par plus de mille photographies, et un dossier technique de mille sept cents pages.

En premier lieu, de la vaisselle d'or et d'argent, destinée au perpétuel banquet de l'autre monde, où la reine figurait en majesté et en beauté, grâce à ses bijoux, notamment ses bracelets en argent, matériau rare, ornés de papillons en lapis-lazuli, cornaline et turquoise, symboles de métamorphose et de renaissance.

Le lit à pattes de lion, recouvert de feuille d'or, n'est pas un simple meuble profane, mais un lit de résurrection, impliquant l'éveil permanent qu'incarne le fauve.

Un dais d'une taille impressionnante[1], supporté par dix piquets en or et quatre autres en bois, fournissait à la reine un confortable abri lors de ses déplacements ; et une chaise à porteurs en bois d'ébène, elle aussi ornée de feuille d'or, rappelle que la Grande Épouse royale portait un étonnant titre rituel : « Grande qui est la chaise à porteurs d'Horus et de Seth », à savoir les deux dieux réunis dans l'être de Pharaon, et dont la reine est le support. Le mot *hetes*, « chaise à porteurs », est également le nom d'un des sceptres qu'utilise la reine, quand elle consacre un temple.

Mother of Cheops, Cambridge (Massachusetts), 1955 ; M. Lehner, *The Pyramid Tomb of Hetep-Heres and the Satellite Pyramid of Khufu*, Mayence, 1985.

1. 2,20 m de haut ; 3,50 m de large.

Restauré, le mobilier d'éternité de Hétep-Hérès est exposé au musée du Caire ; la pureté des lignes fascine les visiteurs, surpris par la modernité de ces chefs-d'œuvre.

Qui était Hétep-Hérès ?

Des hiéroglyphes en or, matériau de la transmutation osirienne réussie, dévoilent l'identité de la propriétaire du tombeau : Hétep-Hérès, « La plénitude est sur elle[1] ». Et ses fonctions sont précisées : *Mère du roi de Haute et de Basse-Égypte, compagne d'Horus, supérieure des Bouchers de la demeure de l'acacia, pour laquelle est accompli tout ce qu'elle formule, fille du dieu, de son corps.*

Hétep-Hérès était l'épouse d'un pharaon injustement méconnu, Snéfrou (vers 2613-2589 av. J.-C.), considéré par les anciens Égyptiens comme « le bon roi » par excellence. Pendant son règne, brillant et heureux, il édifia deux pyramides géantes sur le site de Dahchour, au sud de Guizeh. On admet généralement que Hétep-Hérès fut la mère charnelle de Khéops ; il convient néanmoins d'être prudent, car les appellations « Mère du roi », « Fils du roi », « Fille du roi » sont des titres qui n'impliquent pas forcément un lien familial strict[2]. Même « Fils de son corps », qu'il vaudrait d'ailleurs mieux traduire « Fils de la corporation royale » ; et il est

---

1. Le mot *hotep* signifie « accomplissement, plénitude, paix, coucher du soleil ».

2. Voir notamment M.A. Nur-el-Din, in *Orientalia Lovaniensia Periodica* 11, 1980, p. 91-98. Voir aussi S.-A. Naguib, in *Studies Kákosy*, 1992, p. 437-447.

regrettable que, malgré des études incontestables, la plupart des égyptologues n'en tiennent pas compte. On lit encore presque partout, par exemple, que Ramsès II eut des dizaines d'enfants, alors que ses « Fils royaux » étaient les membres de sa cour et de son gouvernement, réunis dans la plus vaste tombe de la Vallée des Rois.

Outre cette fonction primordiale de « Mère du roi », Hétep-Hérès dirigeait la confrérie masculine des « Bouchers de l'acacia », cet arbre étant lié à la résurrection d'Osiris. Aux bouchers d'abattre Seth, l'assassin, et de transformer les bovidés et autres animaux en nourritures du banquet céleste.

La reine était aussi la supérieure des prêtresses de Neit, précédemment évoquée, et de Hathor, une déesse de premier plan. Son nom signifie « Temple (*Hout*) d'Horus (*Hor*) », à savoir le sanctuaire abritant et préservant le principe royal. À ce titre, la Grande Épouse royale célébrait des rituels affirmant la présence sur terre de la déesse du Ciel et des Étoiles ; créant la turquoise, l'émeraude et la malachite, Hathor était « la Dorée », l'or formant le corps des divinités. Elle s'incarnait dans une immense vache céleste, dont le lait – à l'origine de la Voie lactée – nourrissait les étoiles et les pharaons. Et l'on doit signaler que, si l'homme ressuscité devient un Osiris, la femme devient une Hathor *et* un Osiris.

Les sept Hathor, « les Vénérables », se paraient de bandelettes de fil rouge dont les nœuds emprisonnaient le mal ; ancêtres des bonnes fées, elles accordaient à leurs protégés santé, prospérité et quantité d'autres bienfaits. Formant une chaîne en se tenant par la main, elles dansaient et jouaient du tambourin, de manière à entretenir la joie.

Un sarcophage énigmatique

Découvrir une tombe inviolée de l'Ancien Empire était déjà un bel exploit ; et les fouilleurs en espéraient un autre : exhumer enfin la momie intacte d'une souveraine de cette lointaine époque. Préservé au fond de cette tombe si bien cachée, dépourvue de superstructure, le sarcophage en albâtre n'offrirait-il pas un ultime trésor aux officiels réunis en l'honneur de Hétep-Hérès, le 3 mars 1927 ?

Quelle déception ! Le sarcophage était vide. Amateur de romans policiers, Reisner inventa une histoire rocambolesque, malheureusement reprise dans des ouvrages réputés « sérieux », pour expliquer l'absence de corps.

Pourtant, ce n'est pas le seul exemple ; le même type de sarcophage en albâtre, réservé à Sékhemkhet, pharaon de la IIIe dynastie, était également vide, bien qu'il fût parfaitement intact et scellé.

Les pyramides n'étaient pas des tombeaux, au sens où nous l'entendons, mais des demeures d'éternité, des transformateurs de mortel en impérissable ; et lorsqu'un pharaon comme Snéfrou, l'époux de Hétep-Hérès, bâtissait deux pyramides géantes, l'une abritait son corps momifié, l'autre son âme immatérielle.

Une niche murée de l'ultime demeure de Hétep-Hérès contenait ce que l'on appelle des canopes, à savoir quatre vases contenant des viscères ayant subi un traitement particulier, et placés sous la protection des quatre fils d'Horus ; présidant à la reconstruction de l'être au-delà de la mort, ils marquaient le succès du processus de résurrection.

5

UNE CHEFFE D'ENTREPRISE

Les tombes de l'Ancien Empire, les mastabas[1], ne sont pas des tombeaux, tout au contraire ! S'il existe une partie effectivement funéraire, le puits et le caveau qui abrite le sarcophage et la momie, celle accessible aux vivants est un domaine de taille variable, allant d'une petite chapelle à des ensembles architecturaux, comprenant un grand nombre de pièces décorées de scènes de la vie quotidienne. Car c'est bien de vie qu'il est question, et non de mort, une vie foisonnante, colorée, joyeuse, qui nous offre une multitude de renseignements sur le quotidien des anciens Égyptiens, des activités agricoles aux pratiques artisanales, en passant par les banquets, les jeux, le sport ou la musique.

Et c'est grâce à cette documentation d'une richesse exceptionnelle que nous connaissons l'existence d'une dame Hémet-Râ[2], « la Servante de la lumière divine ».

---

1. D'après un mot arabe qui signifie « banquette » et désigne la superstructure de ces tombes en forme de parallélépipède.

2. H.G. Fischer, *Egyptian Women*, p. 9.

Nom admirable, et forte personnalité ! Au temps des grandes pyramides, cette femme était à la tête d'un corps administratif ne regroupant… que des hommes !

Son bras droit était un intendant, ses employés des scribes ; l'entreprise de gestion de Hémet-Râ était donc de haut niveau, car atteindre la position de scribe exigeait plusieurs années d'étude. Certes, il y avait un fossé entre le scribe des champs, préposé aux greniers ou au comptage des troupeaux, et le scribe royal, proche du sommet de l'État ; mais qu'une femme puisse diriger une équipe de fonctionnaires masculins prouve à la fois son degré de compétence, la liberté d'action qui lui était accordée et le respect dont elle jouissait.

L'Égypte est, certes, une civilisation de la pierre, mais aussi de l'écriture ; contrairement à une idée reçue et malencontreusement propagée, nombre d'habitants des Deux Terres savaient lire et écrire. Et l'on écrivait sans cesse et à propos de tout : contrat de travail, vente de maison, inventaires divers, tableaux de service des employés, etc.

Sans nul doute, la dame Hémet-Râ occupait un poste important, et ne se souciait pas de sa subsistance ; à l'instar de ses collègues engagés par le temple, organisation économique de base, elle disposait de terres cultivables privatives qui produisaient d'indispensables nourritures.

Femmes et hommes étaient répartis en quatre équipes qui, à tour de rôle, effectuaient de multiples tâches, allant de la préparation des rites quotidiens à la gestion des richesses communautaires.

Dans quantité de pays, aujourd'hui, la naissance d'une fille n'est pas une bonne nouvelle, et son avenir n'est pas riant ; ce n'était pas le cas en Égypte ancienne. Et la réussite de la dame Hémet-Râ n'est pas isolée.

Le notable Nékânkh était père de plusieurs garçons et d'une fille. Le grand âge venant, il songea à léguer ses fonctions de serviteur du temple ; et sa fille, traitée sur un pied d'égalité avec ses frères, ne fut pas lésée. La charge de travail et les responsabilités afférentes furent réparties de manière équitable.

6

LA BELLE ORIENTALE, SERVANTE DE L'ÉNERGIE CRÉATRICE

Qui n'est pas fasciné par l'architecture égyptienne et ses monuments colossaux ? De nos jours, lorsqu'on entreprend de grands travaux, on les qualifie volontiers de « pharaoniques », et l'on constate que les anciens bâtisseurs avaient trouvé les clefs permettant d'incarner dans la pierre la puissance créatrice.

Cette puissance s'appelait le *ka*, et son animal emblématique était le taureau sauvage, un redoutable quadrupède que le roi, tel le jeune Ramsès II, devait apprendre à maîtriser. Le terme *ka*, « puissance créatrice », s'écrivait aussi avec deux bras levés, et *kat* signifiait « travail, œuvre ». Notre mot « travail » dérive du latin *tripalium* et désigne un supplice ; pour les anciens Égyptiens, le travail donne au contraire de l'énergie, et c'est par lui que se développe la puissance de création.

Cette dernière anime tout être vivant ; et les nourritures de qualité possèdent un *ka*, une énergie revigorante pour qui les absorbe, alors que les produits industriels et pollués sont morts et dépourvus de *ka*.

Le *ka* le plus puissant est celui de Pharaon ; ce *ka* royal, immortel, passe de souverain en souverain, et leur permet de construire leur pays et leur peuple, tout en préservant leur vitalité.

Entretenir le *ka*, maintenir sa présence, assurer son développement sont des tâches essentielles ; c'est pourquoi il existe des « serviteurs » et des « servantes du *ka* », lesquels exerçaient une profession de première importance aux yeux des anciens Égyptiens. Elle consistait à vénérer le *ka* immortel des êtres reconnus « Justes de voix », demeurant présents sur terre, grâce à leurs chapelles décorées et à leurs statues, animées d'une vie inaltérable.

À l'instar de leurs homologues masculins, les servantes du *ka* de tel défunt ou de telle défunte leur apportaient, à intervalles réguliers, des parfums, des onguents, des jarres de vin, de bière, de lait et d'eau, des pains, de la viande, des fruits et des légumes ; en faisant « sortir à la voix » ces offrandes, donc en les nommant et en les énumérant, elles permettaient au *ka* de goûter leur aspect immatériel et subtil. Ensuite, nourritures et produits divers, après avoir été ainsi sacralisés, revenaient aux vivants ; on peut parler d'une véritable « économie des ancêtres », tant oubliés de l'époque actuelle. Les Égyptiens les appelaient « Ceux qui sont devant », qui montrent la voie et nous éclairent de leur sagesse. Sans eux, pas de cohésion sociale.

Parmi les servantes du *ka*, aptes à consacrer la chapelle d'éternité d'un homme, qu'il s'agisse d'un père, d'un mari ou d'un ami, nous avons retenu la figure de la dame Néféret-Iâbet, « la Belle Orientale », en raison de la beauté de la stèle qui l'immortalise.

Vêtue d'une peau de panthère, illustrant le caractère céleste de sa fonction, en raison des ocelles évoquant les étoiles, Néféret-Iâbet, la main gauche sur le cœur, réceptacle de la conscience, tend la main droite vers un autel chargé d'offrandes dont elle fait surgir le *ka.* Ainsi est préparé un banquet sans cesse servi, composé de mille têtes de bétail, de mille pièces de gibier, de mille pains, de mille cruches de bière, que complétaient du vin, des fruits, des légumes et « toutes bonnes choses pures » ; aux nourritures s'ajoutent des huiles, des fards et des étoffes, et tout ce qui assurera au *ka* une existence heureuse et luxuriante.

Assise sur un tabouret à pieds de taureau, emblème de stabilité et de puissance – rappelons que le mot *ka* désigne aussi le taureau –, Néféret-Iâbet est l'animatrice de cet ensemble de merveilles, issues à la fois de la nature et du travail des humains ; et cette animation magique a pour vertu d'emmener l'âme de la servante du *ka* vers le ciel, de lui ouvrir les portes du palais du grand dieu, maître des espaces infinis, et de lui assurer un voyage paisible sur les beaux chemins de l'au-delà.

C'est en utilisant l'eau pure que Néféret-Iâbet régénère le *ka* ; cette eau de consécration n'est pas un simple liquide, mais une énergie issue de l'océan des origines, capable d'ôter tout caractère mortel à ce qu'elle touche.

La très belle dame Kétisen fut, elle aussi, une efficiente servante du *ka*, et un bas-relief préserve sa mémoire[1] ; fait remarquable, les hiéroglyphes, « les paroles de Dieu » (*medou neter*), se dirigent vers elle, et non vers son mari, Houti, qui vénère son épouse. Face à face, les deux personnages sont de même taille, et la dame Kétisen reçoit les bienfaits du *ka* des nourritures ; la quintessence des offrandes est « sortie à la voix », et Houti garantit à la femme qu'il aime une éternité joyeuse, pourvue des énergies nécessaires. Ensemble, ils célèbrent un perpétuel banquet.

1. Musée du Caire CG 1392 (provenant du mastaba n° 88 de Saqqara).

7

LA COMMUNAUTÉ FÉMININE DE « CELLE QUI AIME LA VIE »

La « Mère » apprend à la « Fille » à conduire la barque sur les canaux de l'au-delà. L'enseignante et sa disciple utilisent, en guise de cordage, des tiges de papyrus, issues du milieu primordial où rayonne la source de vie.

(Mastaba de Méresânkh, Guizeh)

Si les trois pyramides du plateau de Guizeh dominent le site que façonnèrent trois pharaons de la IVe dynastie, Khéops, Khéphren et Mykérinos, ce ne sont pas les seules merveilles de cet endroit exceptionnel. Autour des pyramides, un village d'éternité rassemble les membres de la cour qui ont fidèlement servi leur souverain.

Explorer ce domaine, hors du temps, est toujours un moment envoûtant ; et parmi les nombreux chefs-d'œuvre, la demeure d'éternité de Méresânkh occupe une place particulière.

Méresânkh, « Elle aime la vie[1] », est la troisième d'une lignée de femmes portant ce même nom[2]. Elle réside à l'est de la pyramide de Khéops, et fut peut-être l'épouse du pharaon Khéphren.

1. Autre traduction possible : « La Vivante (Hathor ?) l'aime ».

2. Nous ne savons rien de la première Méresânkh, peut-être la mère du pharaon Snéfrou, le plus grand bâtisseur de l'Ancien Empire ; la deuxième était-elle la fille de Khéops ?

Textes, peintures et sculptures font de cette tombe un monument remarquable[1] ; et si nous ne disposons d'aucune anecdote historique concernant Méresânkh, son rôle spirituel et initiatique est mis en lumière d'une manière unique.

Les initiées aux mystères de la déesse Hathor formaient une communauté, dirigée par une « Mère » ; et celle de Méresânkh se nommait Hétep-Hérès, qu'il ne faut pas confondre, semble-t-il, avec la mère de Khéops, qui portait le même nom.

Des scènes nous montrent comment la Mère dispensait son enseignement à la « Fille », appelée à lui succéder. Épisode marquant : un voyage rituel en barque, à travers des étendues d'eau, une sorte de quête du Graal, afin de découvrir la fleur d'un lotus, incarnation de la lumière surgissant de l'océan des origines. En lui indiquant sa présence et en révélant son rayonnement, l'ancienne transmet sa science à la jeune. Ensemble, elles contemplent la naissance de la vie, dont le secret sera préservé par la communauté féminine.

Pour remplir sa haute fonction, Méresânkh eut accès à l'ensemble des écrits sacrés et des rituels, appelés « les manifestations de la lumière divine[2] ». Aussi est-elle prêtresse de Thot, créateur des hiéroglyphes, maître des paroles divines et patron des scribes ; elle devient Séchat, la souveraine de la Maison de Vie, où les pharaons étaient initiés à leurs devoirs et aux mystères d'Osiris. Couronnée d'une étoile à sept branches,

1. Voir D. Dunham et W. Simpson, *The Mastaba of Queen Mersyankh III* (*G 7530-7540*), Giza Mastabas I, Boston, 1974.

2. *Baou Râ*.

gardienne de la Maison des livres, Séchat était associée au roi lors de la construction du temple.

La tombe de Méresânkh offre un ensemble sculpté que l'on ne voit nulle part ailleurs : dix statues féminines debout, formant une communauté allant de la femme mûre, l'Ancienne, à l'adolescente. Deux groupes distincts : trois ritualistes, dont la Mère, et sept autres, dont quatre adultes, et trois plus jeunes de taille décroissante. Les dix, unies à jamais, émergent de la pierre. On remarque le geste rituel de l'accolade, bras gauche de la supérieure autour des épaules de sa disciple, laquelle ceint la taille de son initiatrice.

C'est une communion d'une rare intensité qui fut inscrite dans la pierre ; ayant accès à « la demeure de l'acacia », lieu rituel de la résurrection osirienne, ces femmes magnifiaient la transmission et la cohérence de leur initiation.

8

LE MARIAGE DE « LA SŒUR DE SON PÈRE »

Voici une remarquable famille de l'Ancien Empire : une jeune femme, Sénet-Itès, « la Sœur de son père », son mari Séneb, un haut dignitaire bien qu'il fût un nain, et leurs deux enfants.

(Musée du Caire, JE 51280)

Prêtresse des déesses Neit et Hathor, Sénet-Itès[1] occupait une fonction importante au temps des grandes pyramides ; élégante et belle, se coiffant d'une coûteuse perruque noire et se vêtant d'une robe blanche moulante à bretelles, cette dignitaire à la noble allure prit une grave décision : se marier.

Et c'est bien elle, et personne d'autre, qui assume son choix ; ni son père, ni sa mère, ni aucune autre autorité ne peuvent lui imposer leur desiderata. Comme toute Égyptienne, Sénet-Itès épousera qui elle voudra et quand elle le voudra, même s'il existe des pressions familiales ; d'ailleurs, aucune loi ne l'oblige à se marier et à procréer. Souvenons-nous de la maxime 9 du sage Ptah-Hotep : *Ne récrimine pas contre qui n'a pas d'enfants, ne critique pas le fait de ne pas en avoir et ne te vante pas sur le fait d'en avoir. Il existe beaucoup de pères malheureux, de même que beaucoup de mères qui ont donné*

1. Son nom signifie « la Sœur de son père », un titre rituel.

naissance, alors qu'une femme sans enfant est plus sereine qu'elles[1].

Nul ne condamnera une jeune fille qui aura des relations sexuelles avant le mariage, et l'on connaît même des « unions à l'essai », comme celle de ce gardien d'oies qui s'était mis en ménage pour une durée limitée à neuf mois, en échange de biens déposés au temple, et que son épouse temporaire conserverait, en cas de rupture imputable au mari[2].

En se mariant, Sénet-Itès garde son nom ; il est exclu qu'il soit effacé par celui de son conjoint. Le nom, rappelons-le, est un élément essentiel de l'être, destiné à survivre au-delà du trépas.

Comment le mariage sera-t-il effectif et reconnu par la société ? Par un fait décisif : l'homme et la femme qui désirent vivre ensemble habitent sous le même toit, au su et au vu de tous. Le sage Ani indique au fiancé : *Construis-toi une maison, tu verras que cela éloigne les dissensions et le désordre. Ne pense pas que tu puisses habiter dans la demeure de tes parents*. Se marier, c'est « vivre ensemble, fonder une maison, entrer dans la demeure ». Le terme *meni*, « amarrer », impliquant l'idée d'arriver à bon port au terme d'une heureuse traversée, est parfois synonyme de mariage ; le voyage du célibat se termine, une stabilité positive est instaurée.

En Égypte ancienne, tout était ritualisé, depuis la naissance jusqu'à la mort, en passant par la

---

1. Voir C. Jacq, *Les Maximes de Ptah-Hotep*, Paris, MdV Éditeur, 2015.

2. À noter, également, l'existence de contrats prénuptiaux favorables aux femmes en cas de rupture.

quasi-totalité des activités humaines, qu'elles soient intellectuelles, artisanales ou agricoles. Tout… sauf le mariage ! Ce dernier, en effet, n'est pas élevé au rang d'un acte sacré, mais d'une réjouissance entre humains, l'occasion de festivités familiales culminant lors d'un banquet. Échangeait-on des fleurs, y avait-il une dot, la mariée portait-elle un vêtement particulier, consommait-on du sel afin de sceller l'union, les mains des époux s'unissaient-elles en touchant un scarabée, symbole des métamorphoses heureuses ? Si prolixes lorsqu'il s'agit des dieux et des rituels, les anciens Égyptiens sont avares de détails sur la cérémonie de mariage.

Avant de choisir son époux, la riche et noble dame Sénet-Itès a songé aux dispositions légales. Elle pouvait adopter le type de contrat qui lui convenait, allant d'engagements oraux, fondés sur la parole donnée, valeur essentielle au temps des pharaons, jusqu'à des documents écrits, dont plusieurs exemples ont été préservés. Et l'on constate qu'en cas de veuvage ou de divorce, les intérêts matériels de l'épouse sont soigneusement préservés[1].

Le futur mari, s'il quitte sa femme ou s'il est jugé responsable du divorce, lui devra, au minimum, le tiers de leurs biens communs, sans présager de pénalités supplémentaires. Et tout ce qu'aura apporté la fiancée lors du mariage lui sera restitué.

---

1. Voir, par exemple, S. Allam, « Quelques aspects du mariage dans l'Égypte ancienne », *JEA* 67, 1981, p. 116-135. Les contrats étudiés datent de la XXIe dynastie, mais s'inspirent de modèles antérieurs.

Élément essentiel : la femme est libre de divorcer quand elle l'entend et de quitter le domicile conjugal[1]. Si la séparation se passe mal, les ex-conjoints se présentent devant un tribunal de proximité, qui règle la majorité des cas ; et si la situation s'envenime, l'affaire sera réglée par une juridiction supérieure.

Si elle est condamnée, la divorcée gardera néanmoins une grande partie de ses biens, voire la totalité, afin que sa subsistance soit assurée ; en revanche, le mari indigne subira de sévères pénalités économiques. Et que l'époux ne s'avise pas de demander le divorce pour des raisons méprisables et inacceptables, comme ce triste personnage qui, après vingt ans de mariage, voulait se séparer de son épouse parce qu'elle avait perdu un œil ; elle protesta vigoureusement contre tant d'ingratitude, sachant que l'issue de la procédure, quelle qu'elle pût être, lui serait favorable.

Révoltés par les droits et l'indépendance des Égyptiennes, les Grecs, lorsqu'ils dirigèrent le pays à travers la dynastie des Ptolémées, ne cessèrent de les assujettir à diverses tutelles ; pourtant, en 219 av. J.-C., la dame Tais réussit encore à obtenir de son époux, Horemheb, qu'il se soumette à l'ancienne loi. Son cadeau de mariage, deux pièces d'argent[2], lui resterait acquis en cas de séparation ; et si Horemheb se comportait

1. D'après le papyrus Salt 3078, une épouse s'engage à n'entamer aucune action en justice à propos des acquisitions communes du couple et à restituer à son ex-mari les biens qu'il lui a offerts au moment de leur union, si elle le quitte pour un autre homme.

2. Ce sont les Grecs qui introduisirent la monnaie en Égypte, système que les pharaons appelaient « le grand tordu » et qu'ils avaient toujours refusé.

mal avec son épouse, il serait contraint de divorcer, de lui donner deux pièces d'argent supplémentaires, le tiers de leurs acquis communs et la totalité des biens propres de Tais, inventoriés lors du mariage. Jusqu'à l'extinction de leur civilisation, qui disparut sous les coups des Perses, des Grecs, des Romains, des chrétiens et enfin des Arabes, les Égyptiennes tentèrent de préserver leur statut exceptionnel, né avec la première des dynasties.

En célébrant son mariage pendant l'âge d'or que fut l'Ancien Empire, la dame Sénet-Itès ne voyait aucun nuage à l'horizon ; et pourtant, elle avait choisi un époux hors du commun !

Son métier ? Chef de la garde-robe royale et serviteur du *ka* de deux pharaons, Khéops et Djédefrê, donc un important personnage de la cour, remplissant de hautes fonctions civiles et sacrées. Une union brillante, qui méritait d'être immortalisée par un « groupe statuaire » en calcaire peint, découvert dans la tombe familiale de Guizeh, qui nous permet de contempler le bonheur serein du couple et de ses deux enfants, un garçon et une fille[1].

Or, Séneb, le mari de Sénet-Itès, est un nain. Assis en scribe, les jambes croisées, le torse musclé, il a un regard extraordinaire, qui perce le lointain et voit au-delà des apparences ; debout, son épouse l'enlace de son bras droit. En signe d'obéissance et de silence, les deux bambins aux cheveux tressés formant « la mèche de l'enfance » posent un doigt sur leurs lèvres. Leurs parents possédaient des troupeaux de vaches, de chèvres, de moutons et d'ânes, ainsi que plusieurs bateaux ; et Séneb était à la tête d'une équipe de scribes. Une famille

1. Musée du Caire, JE 51280.

comblée, dont l'image a traversé les siècles. Et un bel exemple de la liberté d'une femme qui a épousé l'homme qu'elle aimait, quelles que fussent ses particularités.

Le mariage unissait un homme à une femme, mais pas, contrairement à une idée fausse et toujours propagée, un frère et une sœur. Cette erreur provient de deux éléments, l'un linguistique, l'autre externe à l'Égypte.

En hiéroglyphique, le mari est appelé « frère », et l'épouse « sœur » ; une mauvaise interprétation de cette terminologie aboutit à la théorie du mariage consanguin dont il n'existe aucune preuve à l'époque pharaonique. Et le roi n'épouse pas charnellement sa « fille », soit qu'il s'agisse d'un titre, soit de l'illustration symbolique du mythe mettant en lumière le Père créateur et sa fille, la vie.

Le second élément, exogène, est la pratique grecque, à la cour des Ptolémées, d'un mariage réel entre frère et sœur, coutume étrangère à l'Égypte, que les Romains perpétuèrent afin de préserver des patrimoines fonciers.

Enfin, précisons que, contrairement à une autre idée reçue provenant de la projection de mœurs contemporaines sur l'Égypte ancienne, la polygamie n'y fut jamais pratiquée. Les rares cas suspects, montrant un homme en compagnie de plusieurs épouses, illustrent l'affection d'un mari pour ses épouses successives, qu'il a tenu à associer dans l'au-delà en les statufiant.

Et la polyandrie n'exista pas davantage ! Deux veuves du Moyen Empire[1], soupçonnées d'avoir eu deux maris en même temps, ont été innocentées ; elles aussi honoraient la mémoire de leurs époux successifs.

---

1. Les dames Menkhet et Kha.

9

UNE FEMME-PHARAON AU TEMPS DES PYRAMIDES

La première fois que je me suis aventuré dans un endroit peu fréquenté de l'immense nécropole de Guizeh, à quatre cents mètres environ au sud-est de la pyramide de Khéphren, et non loin du bas de la chaussée menant à celle de Mykérinos, je ne m'attendais pas à un tel choc. Certes, j'avais bien entendu parler d'une « quatrième pyramide » qu'avait dégagée, pendant l'hiver 1931-1932, l'égyptologue égyptien Sélim Hassan ; en réalité, il s'agit d'un gigantesque sarcophage de pierre, au toit bombé et reposant sur un socle carré, dont l'intérieur est, en partie, constitué par la roche. Deux chiffres donneront un aperçu de son gigantisme : une base de quarante mètres de côté, une hauteur approchant les dix-huit mètres !

Pas une pyramide, certes, mais un monument extraordinaire, créé par les meilleurs tailleurs de pierre ; vu ses proportions, n'était-il pas dédié au *ka* d'un pharaon, perpétuellement régénéré à l'intérieur de ce « maître de vie », le nom égyptien du sarcophage ?

Par bonheur, des inscriptions nous révèlent le nom de la propriétaire[1] ! Elle se nommait Khénet-Kaous, « Celle qui préside à ses puissances créatrices ». Et son ultime demeure, recouverte de blocs de calcaire brillant sous la lumière, était un temple de l'au-delà auquel on accédait par une porte de granit rouge ; disposant de chapelles, de pièces abritant des trésors et d'une chambre de résurrection, Khénet-Kaous était « Fille du dieu, pour qui l'on accomplit toutes les bonnes choses qu'elle formule ».

C'est un court passage de sa titulature qui pose un problème, et deux traductions possibles aboutissent à des conclusions bien différentes[2] ! L'on comprend soit que Khénet-Kaous, « Mère du roi », a donné naissance à deux pharaons, soit qu'elle fut mère d'un roi, et elle-même « Roi de Haute et de Basse-Égypte », donc pharaon régnant.

Si les linguistes n'ont pas fini de se déchirer, cette seconde solution nous paraît préférable, en raison du contexte archéologique et de la taille de l'édifice. Son dispositif intérieur évoque celui de Mykérinos[3], et le pharaon Chepseskaf, prédécesseur ou successeur de Khénet-Kaous, se fit également bâtir un gigantesque sarcophage de pierre, au sud de Saqqara.

1. À l'angle sud-est, sur les montants en granit d'une chapelle extérieure et d'une « fausse porte », terme égyptologique inadéquat, désignant une porte de pierre qui permet la communication entre l'au-delà et l'ici-bas.

2. *Mout nesout bity nesout bity.*

3. Khénet-Kaous était peut-être la fille de Mykérinos, bâtisseur de la troisième et dernière pyramide du plateau de Guizeh. En ce cas, sa mère serait Khamerer-Nebti, dont le musée de Boston conserve une admirable statue.

Deux autres éléments confortent cette hypothèse : une pratique rituelle et une représentation de Khénet-Kaous. Pendant plusieurs siècles, un collège de ritualistes entretint la mémoire de cette femme illustre en vénérant son *ka*, comme c'était l'usage pour les pharaons[1] ; et, à l'orée de son domaine, l'un de ses portraits préservés nous la montre, porteuse d'un symbole caractéristique : la barbe postiche. Composée de poils d'animaux tressés, cette barbe est l'héritage d'Atoum, le Créateur mâle et femelle, dont Pharaon est le représentant sur Terre. En accédant à la fonction suprême, Khénet-Kaous a concilié les deux polarités et arborait la barbe postiche, comme le fera, bien plus tard, la célèbre Hatchepsout.

Le faisceau d'indices étant concordant, on peut affirmer que Khénet-Kaous fut une femme-Pharaon de l'Ancien Empire[2] ; impossible, à l'heure actuelle, d'en dire davantage, car les anecdotes historiques n'encombraient pas cet âge d'or.

---

1. Le village des ritualistes se consacrant à la mémoire de leur souveraine occupait une superficie de six mille mètres carrés.

2. Voir M. Verner, *SAK* 8, 1980, p. 243 *sq*.

10

UNE FEMME SCRIBE

La dame Idout se promène en barque pour admirer son domaine, accompagnée de ses serviteurs, tout en respirant le parfum d'éternité d'une fleur de lotus. À la poupe de l'esquif, un coffret contenant un matériel de scribe, qui prouve l'étendue de ses compétences.

(Mastaba d'Idout, Saqqara)

Parmi les idées reçues affectant l'Égypte ancienne, l'une, très en vogue ces dernières années – et probablement aussi résistante que la théorie de l'esclavage –, consiste à affirmer que la population était inculte, ne savait ni lire ni écrire, et que seule une élite très restreinte avait accès à de tels privilèges. Et si l'on présente des documents prouvant le contraire, la réponse fuse : « Ah mais ça, c'est exceptionnel ! » En réalité, la volonté de réduire la société égyptienne à un ramassis d'illettrés, placés sous le joug de tyrans instruits, est une position idéologique qui, comme toute théorie doctrinaire, n'écoute qu'elle-même.

Si l'on veut poser correctement le problème, il faut d'abord rappeler que les hiéroglyphes, « les paroles de Dieu » (*medou neter*), sont une écriture sacrée, réservée aux temples, et destinée à être gravée dans « les belles pierres d'éternité ». Jusqu'à l'extinction de la civilisation pharaonique, les signes ne varieront pas, s'enrichissant au cours des âges, et la structure de la langue demeurera immuable, assurant une remarquable continuité. Mais il existait aussi une écriture du quotidien, que l'on appelle le « hiératique », d'après la terminologie grecque. « Hiératique », c'est-à-dire « sacré », alors qu'il s'agit de l'écriture profane, utilisée pour les contrats, les documents administratifs, le courrier, etc.

Les Égyptiens écrivaient à propos de tout et sur quantité de supports, pierre, papier, bois, cuir… Si l'art des hiéroglyphes, science du temple, était l'apanage d'un petit nombre, l'écriture cursive, aux multiples évolutions, fut largement pratiquée. Et l'étude du hiératique constitue une branche de l'égyptologie[1].

De l'école du village à la Maison de Vie des temples, les lieux d'enseignement étaient divers, et les sages insistaient sur la qualité première : l'écoute. Quand l'écoute est bonne, la parole est bonne, et l'harmonie, tant intérieure que sociale, règne ; le bavard est arbre sec, les interminables débats de ceux qui ne savent pas écouter conduisent à la stérilité et à l'ignorance.

Avant d'évoquer la personnalité de la dame Idout, rappelons que même des femmes n'appartenant pas aux cercles de pouvoir savaient lire et écrire. Un exemple fameux, celui des épouses des artisans de Deir el-Medineh, un village de Haute-Égypte, sur la rive ouest de Thèbes, abritant la confrérie chargée de creuser et de décorer les tombes de la Vallée des Rois. Tailleurs de pierre, maçons, plâtriers, sculpteurs, dessinateurs, peintres y résidaient en compagnie de leurs familles. Et ces dames écrivaient beaucoup et recevaient du courrier[2].

---

1. Sur tous ces sujets, voir C. Jacq, *Le Mystère des hiéroglyphes. La clé de l'Égypte ancienne*, Lausanne, Favre, 2010.

2. Voir J.J. Janssen, « Literacy and Letters at Deir el-Medina », in *Village Voices*, Leydes, 1992, p. 81-94 ; D. Sweeney, « Women's

Leurs préoccupations ? Dresser une liste de vêtements à nettoyer, troquer un morceau de terrain contre un âne, se plaindre d'un ami égoïste et négligent, raconter ses difficultés, signaler à un correspondant les écarts de conduite de son épouse, exposer des problèmes familiaux... Bref, les mille et un aspects du quotidien qui, en dépit de notre modernité, n'a changé que dans la forme.

Une femme peut devenir un scribe d'élite, et la promenade en barque de la dame Idout ne manque pas de nous le rappeler. Maîtresse de domaine à l'Ancien Empire, cette jolie femme, aimant se vêtir d'une robe blanche, moulante et transparente, parcourt sa propriété en jetant un œil attentif aux travaux qu'exécute son personnel, tout en respirant une fleur de lotus. Les scènes de sa superbe tombe de Saqqara[1] la représentent de grande taille par rapport aux paysans, aux pêcheurs, aux chasseurs et aux artisans. Idout est la patronne, et chacun, scribes compris, obéit à ses ordres. Elle, dont le nom signifie « Jeune femme », porte le titre de « Fille du roi » ; et, sur sa barque, un équipement dont elle ne se sépare pas : son matériel de scribe, composé d'une palette, d'un grattoir, de pinceaux, de godets et de petits pains d'encre.

Au Nouvel Empire, les femmes scribes placent volontiers leur matériel d'écriture sous leur siège d'apparat,

---

Correspondance from Deir el-Medineh », *Sesto Congresso Internazionale di Egittologia*, *Atti* II, Turin, 1993, p. 523-529. Pour les femmes apprenant à lire et à écrire, *RdE* 60, 2009, p. 209 *sq*.

1. Voir la publication de R. Macramallah, *Le Mastaba d'Idout*, Le Caire, 1935.

signifiant ainsi leurs aptitudes pour l'éternité[1] ; et dans la fabuleuse tombe de Néfertari, Grande Épouse royale de Ramsès II, nous assistons au moment rituel où elle reçoit la palette de Thot et le godet à eau servant à diluer l'encre. Ainsi la reine devient-elle capable de « formuler Maât », la Règle de justesse et d'harmonie, en traçant les paroles divines. Et l'on connaît une épouse de grand prêtre qui rédigea des rituels, en « travaillant sur les rouleaux de papyrus d'Amon-Râ[2] ».

Thot, le créateur des hiéroglyphes, n'est pas la seule divinité préposée à l'écriture ; couronnée d'une étoile, le plus souvent à sept branches, la déesse Séchat, qui détient également les secrets du maquillage, préside à la Maison des livres et aux bibliothèques des temples. Et c'est avec elle que Pharaon crée les édifices sacrés en lisant les rituels et en prononçant les paroles efficaces qu'ils contiennent.

« Vénérée auprès d'Osiris, d'Anubis, du grand dieu et du roi », la dame Idout franchit la porte de l'au-delà grâce à la connaissance des formules qui écartaient les ténèbres et lui garantissaient l'accès à la lumière. Femme d'exception, elle pouvait vivre à jamais un jour heureux en parcourant les prairies, les champs et les canaux où la mort n'existe pas.

---

1. Voir B.M. Bryan, « Evidence for Female Literacy from Theban Tombs of the New Kingdom », *BES* 6, 1984, p. 17-32 ; « Non-Royal Women's Titles in the 18th Egyptian Dynasty », *Newsletter ARCE* 134, 1986, p. 13-16. Voir notamment les tombes thébaines nos 69, 84, 147, 148, 162.

2. Voir *KMT* 5/4, 1994, p. 20.

11

UNE FEMME MÉDECIN-CHEFFE

Dieu de la Connaissance, patron des scribes, Thot à tête d'ibis transmet son savoir à une femme.

(D'après Champollion)

Les écoles de médecine de l'ancienne Égypte étaient réputées dans le monde antique, et nombre de thérapeutes étrangers venaient s'y instruire. Par chance, un certain nombre de textes médicaux ont été préservés, même s'il ne s'agit que d'une infime partie de la littérature médicale, abondante dès l'Ancien Empire. La variété des sujets abordés, les diagnostics et les traitements sont remarquables ; et l'on n'oubliera pas les pratiques chirurgicales dont les résultats, observables sur certaines momies, furent des plus positifs. Et l'examen attentif des divers traités montre à la fois l'ampleur des connaissances des anciens Égyptiens et le souci majeur du corps médical : la bonne circulation des énergies à l'intérieur de l'architecture complexe d'un corps[1].

Les thérapeutes n'avaient pas un patron, mais une patronne : la redoutable déesse Sekhmet, femme à tête de lionne. « Celle qui exerce la maîtrise » était la Terrifiante, dans la mesure où elle propageait les

1. Voir T. Bardinet, *Les Papyrus médicaux de l'Égypte pharaonique*, Paris, Fayard, 1995.

maladies ; mais elle offrait aussi les moyens de les guérir. La médecine était donc une science d'origine divine, liée à la magie, terme dévalorisé, mais une science selon les anciens Égyptiens. Émanation de la lumière divine, la magie permettait d'éviter les coups du destin, et de lutter contre le mal et les maux. Un thérapeute ne saurait se contenter d'une technique, si élaborée soit-elle ; il doit la conjuguer à la magie de formules efficaces.

L'ensemble des professions médicales était accessible aux femmes[1] qui, comme leurs confrères, pratiquaient d'abord une spécialité avant d'accéder au sommet de leur discipline, la médecine générale, permettant d'avoir une vision d'ensemble.

Une tombe de la nécropole de Guizeh nous révèle l'existence d'une thérapeute si exceptionnelle, la dame Péseshet[2], qu'elle fut nommée supérieure des médecins, en quelque sorte ministre de la Santé, l'une des préoccupations majeures de l'État égyptien. Un grand pharaon comme Thoutmosis III ne se préoccupait-il pas en personne de l'hygiène publique ? Le nom de Péseshet, « Celle qui partage, divise, arbitre », peut aussi signifier « Celle qui diagnostique » ; et ses capacités furent tellement appréciées qu'elle occupa un poste majeur.

Quel était le secret d'un bon médecin ? La connaissance de la marche et des mouvements du cœur, ce cœur ne se limitant pas au muscle cardiaque, mais étant considéré comme le centre vital de l'être d'où provenaient toutes les énergies qui animent l'ensemble

1. Voir D. Cole, *DE* 9, 1987, p. 25-29.

2. Voir H.G. Fischer, *Egyptian Studies* I, p. 71 *sq.* ; E.B. Harer et Z. el Dawakhiy, *Obstetrics and Gynecology* 74, 1989, 960-1.

de l'organisme. À partir de ce « cœur », les vaisseaux véhiculaient divers fluides dont la circulation assurait la santé.

Pour établir un diagnostic et choisir la médication adaptée, Péseshet prenait plusieurs pouls en écoutant la voix du cœur, examinait la peau, l'état des yeux, et diverses autres caractéristiques du patient ou de la patiente.

Et la conclusion des examens se terminait par l'une des trois phrases suivantes :

« Une maladie que je connais et que je traiterai. »

« Une maladie que je connais et que je tenterai de traiter. »

« Une maladie que je ne connais pas et que je ne pourrai pas traiter. »

La médecin-cheffe Péseshet avait à sa disposition nombre de traités de médecine rédigés par ses prédécesseurs, auxquels elle ajouterait ses propres observations et découvertes, afin d'enrichir sa science et de la transmettre aux générations futures. Elle utilisait des remèdes extraits des règnes minéral, végétal et animal, sous forme de pilules, de potions, d'onguents, de cataplasmes, de fumigations, sans négliger des prescriptions alimentaires, comme la consommation de viande grasse en cas de maladie pulmonaire. La pharmacopée comprend un nombre impressionnant de produits, dont beaucoup n'ont pas été identifiés ; et certains termes prêtent à confusion. Pour prendre des exemples dans notre langue, on pourrait croire que la dent-de-lion et la gueule-de-loup évoquent deux animaux, alors qu'il s'agit de plantes ; et si des érudits mal informés se sont moqués de l'utilisation d'un remède à base de déjections de chauve-souris pour guérir un trachome, ils ont eu tort, car il contenait un antibiotique et de la vitamine A, à savoir le traitement actuel.

Il faudrait un livre entier pour évoquer les réussites de la chirurgie, de l'ophtalmologie et d'autres disciplines durant l'Égypte antique ; dans le cadre de cet ouvrage consacré aux femmes, insistons sur la gynécologie. L'utérus était l'incarnation d'une déesse, comparée à un rayon de lumière, donnant naissance aux entités du cosmos et au pharaon[1] ; et plusieurs traités étaient consacrés aux « remèdes qu'il convient de préparer pour les femmes ». De nombreux cas y étaient analysés et, à la suite d'un diagnostic précis, Péseshet prescrivait une médication capable de guérir quantité de troubles ; comme le prouvent les textes, elle savait déceler le cancer de l'utérus et tentait de le combattre.

Un élément remarquable retient l'attention : si la famille père-mère-enfants était une valeur notable de la société égyptienne, les femmes n'en maîtrisaient pas moins leur fécondité, grâce à l'avortement et à la contraception[2]. On constate la modernité de la médecine que pratiquait la dame Péseshet !

---

1. Voir M.T. Derchain-Urtel, *Synkretismus im ägyptischer Ikonographie. Die Göttin Tjenenet*, Wiesbaden, Otto Harrassowitz, 1979.

2. Voir *Encyclopédie religieuse de l'univers végétal* II, Montpellier, 2012, p. 586-7. L'une des méthodes contraceptives consistait à placer dans le vagin un tampon imprégné d'une substance composée de suc de dattes, de coloquinte et d'extrait d'acacia broyés dans du miel. On sait que la gomme d'acacia fermentée produit de l'acide lactique qui tue les spermatozoïdes.

12

CELLE QUI DONNA NAISSANCE À TROIS ROIS

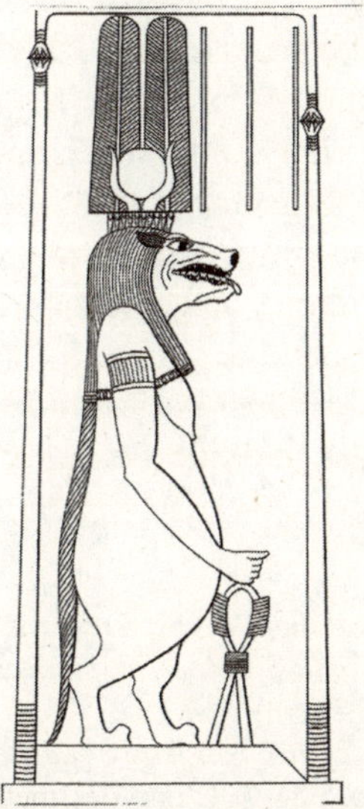

Hippopotame femelle, la déesse Thouéris veillait sur les accouchements et favorisait magiquement les naissances.

(D'après Champollion)

Accoucher ne fut jamais un moment facile, et les anciens Égyptiens considéraient cet événement majeur comme un passage particulièrement dangereux, qui devait être entouré de multiples précautions, à la fois médicales et magiques. Et l'accouchement de la dame Red-Djedet mérite d'être cité en exemple[1].

Nous sommes à la fin de la IVe dynastie, dans la cité de Sakhébou, et cette dame est l'épouse d'un prêtre pur du dieu Râ[2], la lumière divine. Rien n'était plus désolant que la stérilité, et l'on invoquait les puissances divines pour qu'elles permettent aux épouses d'enfanter. À Dendera, site sacré de la déesse Hathor, en Haute-Égypte, se célébrait la fête de « l'ouverture des seins des femmes »[3], garantissant aux jeunes mariées une maternité prochaine ; et sur le site de

---

1. Red-Djedet signifie « Celle qui fonde ce qui doit durer ». Les faits sont relatés d'après le papyrus Westcar.

2. Son mari se nommait Râ-Ouser, « La lumière divine est puissante ».

3. Le troisième mois de la saison de l'inondation.

Médinet-Habou[1], elles se baignaient rituellement dans un lac aux eaux fécondatrices.

Khnoum, dieu à tête de bélier, jouait un rôle capital ; outre le diffuseur de la puissance génésique de l'animal dans lequel il s'incarnait, il était aussi le potier primordial, qui modelait sur son tour les êtres vivants ; et l'on expliquait même que ce tour de potier, créant l'embryon, devait être installé et mis en fonction à l'intérieur des organes féminins pour que la matrice donne naissance. La fonction de cette dernière était considérée comme une activité artisanale, soigneusement préparée ; être enceinte, c'est « accomplir un travail ».

Lorsque la jeune Red-Djedet constata qu'elle n'avait pas ses règles, appelées « purifications », ce fut un moment de joie ; mais il fallut prendre aussitôt les précautions nécessaires pour assurer une grossesse heureuse : surveillance médicale, massages avec des huiles apaisantes et revigorantes, port d'amulettes écartant démons, maladies et forces de destruction.

Une interrogation : était-il possible de connaître le sexe de l'enfant ? Longtemps utilisée, même après l'extinction de la civilisation pharaonique, une méthode était proposée. On plaçait du blé et de l'orge dans deux sacs de toile que la femme enceinte arrosait chaque jour de son urine. Si le blé germait le premier, une fille naîtrait ; si c'était l'orge, un garçon[2].

---

1. Rive ouest de Thèbes. Là étaient enterrés les dieux primordiaux qui avaient présidé à la Création.

2. Papyrus de Berlin n° 199, traduction G. Lefebvre, in *La Médecine égyptienne de l'époque pharaonique*, Paris, PUF,

Dans le cas de la dame Red-Djedet, le pronostic fut surprenant : la femme du prêtre pur attendait… trois garçons ! Et ceux-ci étaient promis à une destinée exceptionnelle, puisqu'ils seraient les trois premiers pharaons de la Ve dynastie. Le dieu Râ n'avait-il pas revêtu l'apparence du mari de cette noble dame, afin de provoquer cette triple naissance et de façonner des souverains qui rendraient un culte à la lumière ?

Malgré cette intervention divine, l'accouchement de Red-Djedet suscitait des inquiétudes ; et lorsqu'elle fut introduite dans le « pavillon de naissance », aux colonnes en bois en forme de tiges de papyrus pour évoquer l'étendue d'eau primordiale d'où avaient jailli toutes les formes de vie, les sages-femmes s'empressèrent de la rassurer.

Ce pavillon était un endroit agréable, parfumé, orné de plantes grimpantes, destiné à détendre la future mère ; angoissé, le mari décrit les souffrances de son épouse, et les spécialistes tentent de l'apaiser. Qu'il attende patiemment à l'extérieur l'heureux événement.

Nue, les cheveux défaits pour qu'aucun nœud n'entrave la libération de l'accouchement, qualifié de « sortie hors du corps » et de « venue sur terre », la parturiente se tenait debout, assistée de deux sages-femmes. Son corps était enduit d'huile médicinale, et l'on introduisait dans son vagin des liquides à base de plantes. Et l'on invoquait Thouéris, la déesse

---

1956. Voir aussi T. Bardinet, *Les Papyrus médicaux de l'Égypte pharaonique*, Paris, Fayard, 1995.

hippopotame, afin qu'elle déclenche « les eaux de la naissance ».

Les « douces aux pouces fermes », les sages-femmes, reçoivent le nouveau-né sur leurs mains[1], et son premier cri est accueilli avec soulagement. L'un après l'autre, les trois futurs pharaons apparurent à la lumière, et l'on prononça leur nom en les allongeant sur une étoffe de lin. À leur cou fut immédiatement placée une amulette à sept nœuds ; car le bonheur de Red-Djedet ne devait pas entraîner une baisse de la vigilance.

La mort rôde, elle vient dans l'ombre, elle est la voleuse qui cherche à embrasser le nourrisson pour éteindre son souffle ; le berceau était constamment protégé, et la mère repoussait les forces obscures en psalmodiant des formules magiques[2] et en utilisant divers talismans[3], notamment des figurines de faïence qui représentaient de bons génies.

Au terme d'un repos de quatorze jours, Red-Djedet constata que ses trois fils étaient en excellente santé ; en son for intérieur, elle sut que la prédiction des voyants se réaliserait.

---

1. Il existait des sièges de naissance en bois et des briques de naissance, symbolisant les déesses Isis, Nephtys, Nout et Tefnout.

2. Voir A. Erman, *Zaubersprüche für Mutter und Kind, aus dem Papyrus 3027 des Berliner Museums*, Berlin, Verl. der königlichen Akad. der Wissenschaften, 1901. Chaque partie du corps de l'enfant étant assimilée à une divinité, les démons ne peuvent s'en approcher.

3. Voir, par exemple, J. Bulté, *Talismans égyptiens d'heureuse maternité*, Paris, CNRS, 1991.

Si la mère ne pouvait allaiter elle-même son enfant, une nourrice intervenait. L'allaitement fut d'ailleurs considéré comme un rite[1] et, quand son énergie s'épuisait, le roi buvait le lait de la vache céleste, la nourrice du cosmos.

1. Voir J. Leclant, « Le rôle du lait et de l'allaitement d'après les Textes des pyramides », *Journal of Near Eastern Studies*, vol. X, nº 2, 1951, p. 123 *sq*.

13

UNE PILOTE DE BATEAU

Un cargo chargé de marchandises et, à la manœuvre… une femme qui manie à merveille la longue et lourde rame-gouvernail ! Attentive et fort occupée, elle n'a pas le loisir de déguster le pain que lui offre un marin.

(D'après Lepsius)

Le Nil n'offrait pas seulement à l'Égypte le précieux limon qui fertilisait les terres ; il était aussi une autoroute naturelle, navigable sur toute la longueur, sauf pendant les quelques jours du déclenchement de la crue. On imagine mal, aujourd'hui, l'intensité de la circulation d'une grande quantité de bateaux de tailles diverses, allant de la petite barque au gigantesque cargo capable de supporter le poids d'un obélisque, taillé dans les carrières de granit d'Assouan.

Dès l'Ancien Empire, les chantiers navals connurent une activité incessante, et nombre de scènes montrent les charpentiers au travail. On peut apprécier la perfection de leur technique en admirant le navire de Khéops, retrouvé en pièces détachées près de la grande pyramide ; remonté, il est exposé à l'intérieur d'un bâtiment à l'esthétique douteuse, qui permet néanmoins de contempler ce chef-d'œuvre, destiné à emmener l'âme royale vers les paradis et à parcourir le Nil céleste.

Piloter un tel vaisseau exigeait de sérieuses compétences, d'autant plus que le fleuve n'était pas avare de caprices et de pièges, notamment des bancs de sable ;

et la question se pose : ce métier était-il réservé aux hommes ?

Une tombe de Saqqara, datant de la Ve dynastie, nous donne la réponse[1]. On y voit une femme, dont le nom n'est malheureusement pas précisé, manier le gouvernail d'un bateau, et pas n'importe lequel, puisqu'il s'agit d'un bâtiment de transport. Cette dame avait pour mission d'acheminer à bon port de précieuses denrées, et l'on peut imaginer qu'elle avait dû imposer sa personnalité et son talent dans le milieu des marins.

L'un d'eux s'approche de *la* capitaine et lui propose un morceau de pain ; conservée en hiéroglyphes, la réponse de *la* pilote est cinglante : « Ne me bouche pas la vue, je suis en train d'accoster ! »

Pour l'avoir souvent vécue, je peux confirmer que la manœuvre est toujours plus ou moins délicate, et que cette femme pilote avait besoin de se concentrer, sans que son attention fût altérée par un importun. Et *cette* capitaine-là avait suffisamment d'autorité pour se faire respecter.

Capitaine dans le monde des vivants, une femme pouvait également l'être dans l'au-delà ; un sarcophage tardif[2] nous montre *une* pilote guidant la barque du Créateur, Atoum, sur les belles routes aquatiques où la lumière divine s'accomplit en plénitude.

---

1. Voir H.G. Fischer, *Egyptian Women*, p. 20.
2. Sarcophage de la dame Ta-shapen-Khonsou. Voir *Rites funéraires et voyage vers l'au-delà,* Paris, Atlas, 2003, p. 85.

Sous la protection d'un Œil complet, une femme manie une grande perche pour sonder le fleuve de l'au-delà. Elle pilote la barque du Créateur, Atoum.

(*Rites funéraires et voyage vers l'au-delà*,
Paris, Atlas, 2003, p. 85.)

14

DES FEMMES PREMIER MINISTRE

L'Égypte était gouvernée selon une architecture comprenant trois centres de pouvoir. Le premier était celui du couple royal, installé dans une capitale, qui a varié au fil des dynasties ; le deuxième, celui du chef de province, chargé d'appliquer les directives de l'État, mais disposant d'une certaine autonomie ; le troisième, celui du bourg ou du village. À tous ces échelons, des fonctionnaires, qui n'étaient pas nommés à vie, devaient assurer le bien-être de la population, à commencer par l'entreposage et la circulation des denrées alimentaires.

Et la quasi-totalité des secteurs administratifs était ouverte aux femmes qui, telles une inspectrice du Trésor ou une supérieure de domaine, se trouvaient à la tête d'un nombreux personnel. Dès l'Ancien Empire apparaît une fonction remarquable : une sorte de Premier ministre, véritable bras droit du pharaon, malencontreusement qualifié de « vizir », selon un terme emprunté aux institutions de l'Empire ottoman, et perpétué par l'usage « scientifique ».

Ce vizir prêtait un serment solennel, jurant de respecter la règle de Maât et de satisfaire pleinement à ses devoirs ; et cette haute fonction, au sommet de l'administration, était si lourde, si difficile et si pleine d'embûches et de soucis quotidiens, qu'on la disait « amère comme du fiel ».

Le respect de la justice était le premier devoir du vizir ; et si son intégrité devait être constante, l'excès de rigidité était condamnable. Ainsi, un vizir fut démis parce qu'il refusait systématiquement des postes à ses proches, même compétents, par crainte d'être accusé de corruption.

Chaque matin, le roi s'entretenait avec son Premier ministre pour examiner les différents problèmes du pays ; et le nom égyptien du « vizir » est significatif : *tchaty*, « Celui du rideau », à savoir celui qui connaît les secrets d'État et ne les dévoile pas.

Le sommet de la hiérarchie administrative était-il accessible aux femmes ? Oui, et les exemples connus, car préservés par des inscriptions, ne forment pas une liste limitative. Citons la dame Nébet, qui fut Premier ministre, juge et directrice en chef des hauts fonctionnaires[1], alors qu'elle n'appartenait pas à la famille royale. Récemment, on a découvert l'existence d'une autre femme Premier ministre à l'Ancien Empire, Inenek, épouse du roi Pépi Ier, qui disposa d'une pyramide et accomplit si bien son travail qu'elle bénéficia de la reconnaissance de l'État et de la population ; sa mémoire fut longuement honorée, et l'on déposa des

---

1. Stèle d'Abydos, musée du Caire, CG 1578. La dame Nébet était fille d'Horus (le protecteur de la royauté), de Geb (le dieu-Terre, prince des divinités) et de Thot (dieu de la Connaissance et patron des scribes).

offrandes au pied des obélisques dressés devant le sanctuaire qui lui était dédié[1].

Plusieurs siècles après l'âge d'or des grandes pyramides, pendant la XXVIe dynastie, une femme occupa le poste de Premier ministre : les valeurs anciennes n'étaient pas oubliées.

1. *Égypte* n° 12, 1999, p. 24.

15

DES FEMMES-PYRAMIDES

Pépi II est un pharaon méconnu, bien qu'il détienne un record assez extraordinaire : quatre-vingt-quatorze années de règne, autrement dit le plus long de l'histoire ! Un conseil de sages l'appela au trône à l'âge de six ans – on ne connaît pas d'autre exemple de choix d'enfant si jeune pour occuper la fonction suprême –, et, le moins qu'on puisse constater, c'est qu'ils ne se sont pas trompés.

Pépi II dépassa l'âge de cent ans ; pendant ses premières années de règne, une reine[1] assuma la régence, jusqu'au moment où le jeune monarque fut en mesure de diriger effectivement les Deux Terres.

Cette VIe dynastie, la dernière de l'Ancien Empire, est aussi paisible et prospère que les précédentes ; les peuples heureux n'ayant pas d'histoire, et l'Égypte pharaonique ayant ritualisé le temps, peu d'anecdotes nous

1. Méryrê-Ânkhénès, « l'Aimée de la lumière divine, que la vie lui soit accordée », veuve du pharaon Pépi Ier. Une statue d'albâtre (Brooklyn Museum) la représente assise et tenant sur ses genoux le petit pharaon Pépi II, dont le visage est celui d'un adulte.

sont parvenues qui puissent satisfaire la curiosité des historiens contemporains. En revanche, du point de vue égyptien, il y eut des innovations importantes concernant les épouses successives de Pépi II. Rappelons que Pharaon étant une entité à la fois spirituelle et temporelle formée d'un roi et d'une reine, le souverain veuf avait le devoir d'associer au pouvoir une nouvelle Grande Épouse royale.

Pendant la VIe dynastie, la mère du pharaon[1], son épouse et ses filles furent liées de manière explicite à la pyramide du monarque, sa demeure d'éternité, dont elles bénéficièrent ; on évoque « la Mère de la pyramide » et « l'Épouse de la pyramide ».

Pépi II va plus loin : pour ses reines[2], il édifie des pyramides qui leur seront réservées ; et c'est là qu'on leur rendra un culte, longtemps après leur disparition terrestre.

La reine est « Celle qui voit Horus et Seth », à savoir les deux frères ennemis qui se partagent le contrôle de l'univers et sont présents dans l'être de Pharaon ; et la reine est aussi « Celle qui réunit et réconcilie les deux seigneurs », permettant donc au roi d'assurer l'équilibre du pays et de maintenir l'harmonie entre le ciel et la terre. Le rôle de la Grande Épouse royale était donc primordial, et Pépi II accorda à ses reines la possibilité de faire graver, à l'intérieur de leurs pyramides, des colonnes de hiéroglyphes contenant des formules, dont l'ensemble forme les *Textes des pyramides*.

1. La pyramide d'Ânkhenespepi II, la mère de Pépi II, comportait des textes et était digne de celle d'un pharaon.

2. Neit, Ipout et Oudjebten.

Composés dès les origines de la civilisation pharaonique, ils furent d'abord transmis de manière orale, avant d'être inscrits dans la pierre et de servir d'écrin à l'âme des rois et des reines, qui reposaient, en quelque sorte, à l'intérieur d'un livre. D'une ampleur incomparable, ils décrivent les mutations de cette âme, qui devient feu, air, oiseau, traverse le cosmos, emprunte de multiples barques et rejoint le cercle des divinités et des étoiles, parmi lesquelles elle brillera à jamais, afin d'éclairer le chemin des humains.

Les pyramides des reines de Pépi II se dressaient à proximité de celle du roi ; ces monuments et leurs textes composaient un ensemble architectural voué à la vie en éternité, à laquelle on n'accédait pas par une simple croyance, mais par la connaissance des formules de « transformation en lumière ». Et dans ce domaine essentiel, comme en tant d'autres, la femme était l'égale de l'homme.

16

UNE PAYSANNE EXEMPLAIRE

La déesse-Champ et le dieu-Nil apportent au temple toutes les richesses de la nature.

(D'après Champollion)

Civilisation de la pierre et de l'écrit, l'Égypte pharaonique fut aussi une puissance agricole. « Grenier à blé » de Rome quand cette dernière occupa les Deux Terres, le pays, nourri par le limon du Nil et irrigué au prix d'un travail rigoureux, produisit en abondance céréales, légumes et fruits. Et les femmes prirent une part très active à ce labeur.

L'une d'elles, une modeste glaneuse, a été immortalisée dans une demeure d'éternité de l'Ancien Empire[1] ; au temps des pyramides, on représentait paysans et paysannes sur les murs des tombes pour les associer ainsi au destin lumineux des maîtres des domaines dont ils étaient les employés.

Une femme pouvait se tenir à la tête d'une vaste exploitation agricole et posséder des troupeaux de vaches, de moutons, de porcs, des champs et des vergers[2] ; assise sur un siège à pattes de lion, respirant une

1. Mastaba d'Ipi-Ânkh à Saqqara (J. Vandier, *Manuel* VI, p. 117).

2. Je songe à la dame Âshait, dont le sarcophage est conservé au musée du Caire (JE 47267).

fleur de lotus, elle se plaisait à contempler ses terres et ses greniers.

Notre glaneuse, âgée et le dos douloureux, lui obéissait volontiers, puisque cette patronne lui accordait un salaire convenable, composé d'un logement, de nourriture, de vêtements et d'onguents.

Issue d'une famille de paysans, quel métier aurait pu choisir notre glaneuse ? Pas une activité trop exigeante physiquement, comme celle des laboureurs, voire celle des vendangeurs, bien que des femmes fussent d'excellentes cueilleuses de raisin. S'occuper d'un jardin ? Il fallait avoir les épaules solides, car le poids des palanches, à l'extrémité desquelles étaient accrochées de lourdes jarres d'eau, rompait le cou.

Comme beaucoup d'autres femmes, la vieille glaneuse, dans sa jeunesse, avait manié une pelle ovale, utilisée lors du vannage des grains.

L'opération exige constance et dextérité ; d'un geste précis, la vanneuse lève haut sa pelle, de façon à faire retomber les grains à bonne distance. Un tas se forme, des tamiseuses interviennent afin d'éliminer les impuretés. Et il faut recommencer, et recommencer encore, jusqu'à obtenir un résultat satisfaisant. Parfois, seules des femmes accomplissent cette tâche ; et l'aide de leurs collègues masculins, quand ils sont disponibles, est la bienvenue.

Notre paysanne fut aussi balayeuse, chargée de nettoyer l'aire et de la débarrasser de la paille. Les années ont passé, la colonne vertébrale a souffert, les lombaires sont douloureuses ; malgré la vieillesse, il faut continuer à travailler, et notre paysanne se limite désormais à une activité de glaneuse. Équipée d'un couffin à anses, elle suit les moissonneurs maniant la faucille et coupant les épis. Elle ramasse ceux qui sont restés sur le sol après la moisson et en remplit son panier.

Mais voilà qu'on la réprimande ! Et les mots la blessent, déclenchant une réponse cinglante : « Suis-je une paresseuse, moi ? Chaque jour, c'est pourtant bien moi la première au travail ! » S'estimant, à juste titre, exemplaire, la vieille glaneuse ne se laisse pas insulter et ne supporte pas d'accusations injustes. Respectable, elle doit être respectée.

Au soir de sa vie, sans doute songe-t-elle au grand passage et aux paradis de l'autre monde où poussent des blés gigantesques ; on continue à moissonner et à glaner, mais avec une différence notable : la fatigue n'existe plus, le travail est léger et s'accomplit sans effort. Et ce destin-là, la vieille glaneuse le mérite bien.

17

NITOCRIS, DERNIER PHARAON DE L'ANCIEN EMPIRE

La plus petite des trois pyramides du plateau de Guizeh, celle du pharaon Mykérinos, comporte les plus gros blocs, et donne une impression de puissance sereine. Souvent, à la fin d'une journée de travail sur le site, j'ai goûté le coucher du soleil en m'asseyant sur l'un de ses gradins et en songeant à la légende selon laquelle le fantôme de Nitocris[1], l'âme de la pyramide, apparaissait dans le halo doré des derniers rayons.

Nitocris, un simple fantôme, une ombre de l'histoire à jamais insaisissable ? Pas tout à fait. Les Égyptiens nous ont légué plusieurs listes de pharaons et, dans l'une d'elles, le *Canon royal de Turin*, figure le nom de Nitocris, qui porte le titre de Roi de Haute et de Basse-Égypte. Et son nom signifie « Neit est excellente[2] ».

---

1. Sur Nitocris, voir *LdÄ* IV, 513-514.

2. Cette référence à Neit, déesse de la Création par le Verbe et le tissage, n'est pas anodine ; Nitocris se place sous la protection de cette divinité qui est au cœur de la spiritualité féminine et a profondément marqué les origines de la civilisation pharaonique. Les Grecs identifièrent Neit à Athéna, déesse de la Sagesse ; et

Quand régna-t-elle ? Vers 2184 av. J.-C. Au terme du très long règne de Pépi II, lui avait succédé Mérenrê, pour une courte période ; c'est alors que Nitocris fut appelée à monter sur le « trône des vivants », et son règne fut le dernier de la VIe dynastie et de l'Ancien Empire. D'après des archives de l'époque ramesside, elle aurait gouverné le pays pendant deux ans, un mois et un jour[1].

Autre témoignage à propos de Nitocris, celui du prêtre égyptien Manéthon qui, au temps des Ptolémées, rédigea une histoire des dynasties[2] ; il y évoque en ces termes le pharaon Nitocris :

Une femme, Nitocris, régna ; elle avait plus de courage que les hommes de son époque, et elle était la plus belle de toutes les femmes, elle, blonde aux joues roses. On prétend qu'elle a construit la troisième pyramide.

Et une tradition tardive ajoute que le Maître d'œuvre Nitocris reposa dans un sarcophage de basalte bleu, à l'intérieur de sa pyramide[3].

L'allusion au courage de cette si belle femme n'est pas négligeable ; Nitocris dut faire face à une situation

---

Ératosthène traduisait le nom de Nitocris par « Athéna est victorieuse ».

1. Selon certains chercheurs, Nitocris aurait régné plus longtemps, de six à douze ans.

2. L'œuvre de Manéthon, les *Aegyptiaca*, a malheureusement été perdue ; elle n'est connue que par des extraits cités par des auteurs anciens. Celui-ci est dû à Eusèbe.

3. Il est probable que Nitocris a restauré la pyramide de Mykérinos, et que ses travaux lui ont valu une réputation de Maître d'œuvre.

troublée, qui marqua la fin de sa dynastie et, plus encore, celle de l'âge d'or des grandes pyramides.

Pourquoi et comment l'Ancien Empire s'est-il achevé ? À ces questions, il est bien difficile de répondre, et plusieurs hypothèses ont été formulées. Il est certain que le pouvoir central s'est effrité et que certains gouverneurs de province se sont comportés comme des roitelets locaux ; mais on exclut une sorte d'apocalypse, mêlant guerre civile et effondrement économique. En revanche, un bouleversement climatique, engendrant mille et un problèmes, semble probable.

Malheureusement, le dossier archéologique de Nitocris est vide : ni monument, ni statue, ni inscription ; pourtant, sa légende est devenue universelle lorsque la souveraine fut assimilée à Rhodopis[1], « la Dame au teint de rose », dont les aventures furent appelées à une belle postérité. Alors qu'elle se baignait, un faucon s'empara d'une de ses sandales ; l'oiseau, protecteur de la royauté, la déposa sur les genoux du pharaon, à Memphis. Et le monarque n'eut de cesse qu'il n'ait retrouvé la propriétaire de cette ravissante sandale, imaginant la beauté de celle qui la chaussait. Ainsi était né le modèle de Cendrillon.

---

1. Voir B. Van de Walle, « La "Quatrième pyramide" de Gizeh et la légende de Rhodopis », in *L'Antiquité classique*, III, 1934, p. 303-312 ; C. Zivie-Coche, « Nitocris, Rhodopis et la troisième pyramide de Giza », *BIFAO* 72, p. 115 *sq*.

18

L'AVÈNEMENT DE LA MAÎTRESSE DE MAISON

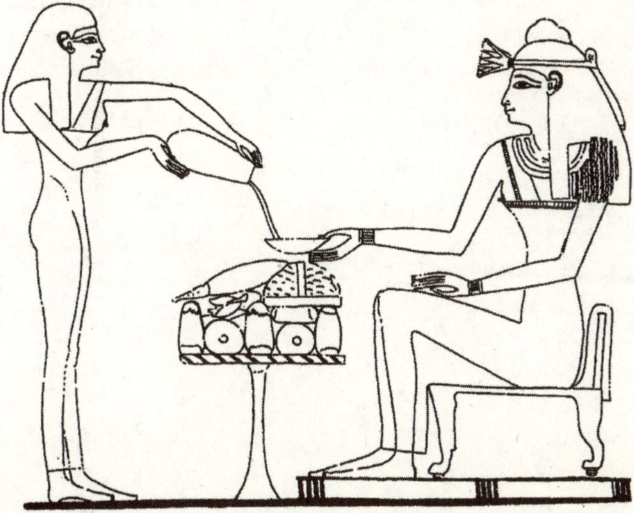

Assise sur un siège bas, élégamment vêtue, une fleur de lotus ornant son front, une maîtresse de maison tend une coupe qu'une servante remplit d'eau, au-dessus d'une table chargée d'offrandes.

(Tombe de Rekhmirê)

À l'Ancien Empire succéda ce que l'égyptologie appelle une première période intermédiaire, pendant laquelle l'exercice du pouvoir fut dilué ; avec la restauration de l'autorité pharaonique et l'unité retrouvée des Deux Terres, l'Égypte connaît à nouveau la prospérité. Et le Moyen Empire (vers 2060-1785 av. J.-C.) voit s'affirmer des pharaons puissants et aimés, capables d'asseoir une société cohérente. Architecture d'une remarquable finesse, d'après les rares monuments préservés, superbes sculptures, foisonnement littéraire… Différent de celui du temps des pyramides, un nouvel âge d'or fut instauré.

Parmi les valeurs fondamentales, le respect dû à la femme n'est pas oublié, au contraire ; et c'est au Moyen Empire qu'apparaît la dénomination « maîtresse de maison » (*nebet per*). Et l'on glorifie cette fonction, à laquelle l'univers entier clame : « Sois la bienvenue ! » Une femme qui gouverne bien sa maison, affirme un sage, est une richesse irremplaçable ; et personne, surtout pas son mari, n'a le droit de l'importuner ou de la critiquer. Seule attitude convenable : admirer son travail.

Mais que recouvre exactement le terme égyptien *per*, « maison » ? Il peut s'agir d'une demeure traditionnelle de trois pièces, dont l'une consacrée au culte des ancêtres, mais aussi d'une grande villa, voire d'un domaine comprenant une boulangerie, une brasserie, des ateliers et des étables. Et la « maîtresse de maison », quelle que soit l'étendue de sa propriété, la régit avec la même rigueur et les mêmes exigences.

En premier lieu, l'hygiène. On ne soulignera jamais assez cette dimension de la civilisation pharaonique, qui permit d'éviter quantité d'épidémies, et dont l'État se portait garant ; tout local, à intervalles réguliers, était désinfecté, notamment par des fumigations.

Présence de salles d'eau, de savon, de grattoirs pour la peau, de dentifrice, obligation de se laver les mains et les pieds avant de franchir le seuil d'une demeure : une maîtresse de maison ne transige pas sur ces principes.

Et l'on ne porte que des vêtements propres ; le rude travail de blanchisserie est confié aux hommes qui utilisent des lavoirs et transportent de lourds baluchons de linge.

Autre devoir de la maîtresse de maison : nourrir sa famille. Que mangeait-on ? Une expression symbolise le repas des anciens Égyptiens : pain-bière. Du solide et du liquide obtenus à partir des céréales, base de l'alimentation. Statuettes et bas-reliefs montrent des femmes qui pétrissent la pâte, mouillée dans un tamis ; en proviennent du pain à cuire, sous de multiples formes, et la future bière, parfois additionnée de liqueur de datte.

Le menu ne se limitait pas à cela. On dégustait beaucoup de poisson, frais ou séché, car le Nil abritait des dizaines d'espèces, dont la fameuse perche, atteignant un poids impressionnant. La viande ? Volaille, porc, mouton, bœuf. Et une belle variété de légumes et de fruits. Quant au vin, classé selon les critères ordinaires, bon, très bon, très très bon et millésimé en fonction des années de règne d'un pharaon, il était fort apprécié.

C'est dans une tombe de femme de la IIe dynastie que fut découvert, momifié, un repas comportant une sorte de porridge à base d'orge, une caille rôtie, des rognons, du ragoût de pigeon, du poisson, des côtes de bœuf, des miches de pain, des gâteaux, des baies et de la compote de figues.

Grâce à la vigilance de la maîtresse de maison, la famille ne manquait de rien ; et lorsqu'elle se rendait au marché, elle y négociait âprement ses achats, en les troquant au mieux. Quand elle gérait un domaine agricole où travaillaient de nombreux employés, elle tenait un rigoureux tableau de service, observé à la lettre. Et le ciel lui-même saluait ses compétences.

19

SERVANTES, PAS ESCLAVES !

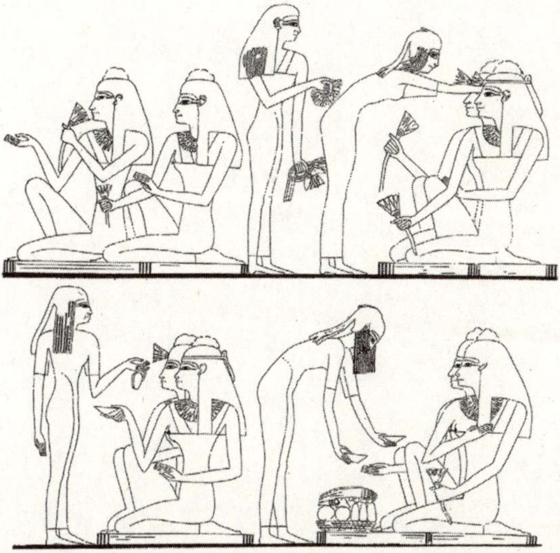

Un repas de fête entre dames élégantes et raffinées, choyées par de jeunes servantes qui les parent de fleurs de lotus, symbole de résurrection, leur présentent une fiole de parfum et leur servent des coupes de vin. Ensemble, elles « célèbrent un jour heureux ».

(Tombe de Rekhmirê, Thèbes)

Une parole parfaite est plus cachée que la pierre verte ; on la trouve pourtant auprès des servantes qui travaillent sur la meule : la première maxime du sage Ptah-Hotep donne le ton. Travailleuses, employées, servantes, mais pas esclaves !

J'ai été l'un des premiers égyptologues à l'affirmer et n'ai cessé de le répéter : l'esclavage n'a jamais existé en Égypte ancienne. La pratique de la loi de Maât le rendait impossible. Mais comment lutter contre les images stupides des films hollywoodiens montrant, non sans idéologie, des milliers d'esclaves battus et fouettés ? Et certains érudits contribuent encore à perpétuer cette « erreur scientifique » en traduisant le mot *hem* par « esclave », alors qu'il signifie « serviteur, servante » ; et le premier *hem* est le pharaon en personne, en tant que « serviteur de Dieu ».

Aucune travailleuse, aucun travailleur, en Égypte ancienne, ne fut considéré comme un objet ou un individu dépourvu d'âme et de liberté, que l'on pouvait vendre ou acheter. Le travail était une valeur noble, bien social essentiel, et l'on voit, tant sur les bas-reliefs et les peintures qu'à travers les sculptures, l'importance et le respect accordés au labeur des gens les plus modestes. Les femmes ne sont pas oubliées, et quantité de servantes sont associées à l'éternité du maître et de la maîtresse de domaine.

Grâce à ces représentations et aux textes, nous connaissons bien les modalités du travail sous les pharaons. La monnaie était bannie, mais la notion de salaire en nature, fixé par rapport à un étalon métallique, existait et tout travailleur percevait une rémunération.

Les simples servantes possédaient leurs biens propres, épousaient qui elles voulaient, et léguaient leur héritage à la personne de leur choix ; circulant librement, elles rompaient un contrat de travail qui ne leur convenait pas.

Le « travail loué » était d'un usage courant ; il consistait à solliciter les services d'une femme de ménage, par exemple, en lui louant, donc en lui payant, ses heures ou ses journées d'activité temporaire ; aucun rapport avec l'esclavage ! Les tarifs étaient libres, parfois très élevés ; ainsi, un bœuf en échange de quatre jours de travail ! Et une servante étrangère, une Syrienne, exigeait six plats de bronze, des vêtements, une couverture et un pot de miel pour son intervention ponctuelle.

Ce qu'il est convenu d'appeler la « corvée » relève d'un aspect particulier du droit égyptien ; lorsque le Nil débordait, les terres cultivables étaient couvertes d'eau, et les paysans au repos. L'État les appelait à devenir manœuvres sur les grands chantiers, où ils étaient logés et payés. Cette « corvée » fut aussi une sorte d'impôt, acquitté sous forme d'heures de labeur.

C'est ce que refusa une paysanne, Téti, préférant s'enfuir plutôt que de s'acquitter de son dû. La police intervint, et des membres de la famille de la délinquante, soupçonnés de complicité, furent emprisonnés. Face à cette injustice, Téti décida de se présenter aux autorités. Elle fut condamnée à une amende, sous forme de jours de corvée supplémentaires.

Fait remarquable : tout individu est responsable des fautes commises. Ainsi, une épouse n'est pas jugée responsable de la mauvaise conduite de son mari, qui ne saurait l'entraîner dans sa chute. Et si une mère de famille est condamnée à des travaux d'utilité publique, elle n'est pas séparée d'un enfant en bas âge.

Seuls cas de travail forcé : celui imposé à des criminels envoyés dans les bagnes des oasis, et celui que doivent accomplir prisonniers et prisonnières de guerre jusqu'à leur libération. Les intégrer au monde du travail fut d'ailleurs plus positif qu'un enfermement ; plusieurs demeurèrent en Égypte, se marièrent, prirent des noms égyptiens, et certains accédèrent même à de hautes fonctions.

Si la Grèce, Rome et, plus tard, d'autres cultures, même de nos jours, pratiquèrent l'esclavage, ce ne fut pas le cas de l'Égypte pharaonique.

20

COIFFEUSE ET CRÉATRICE DE BEAUTÉ

Déesse de l'Amour et de la Beauté, Hathor offre au roi le collier de l'éternelle jeunesse.

(D'après Champollion)

Être coiffeuse, en Égypte ancienne, n'était pas une petite tâche, car les femmes voulaient être belles, en hommage à leur céleste protectrice, la déesse Hathor ; et l'intervention de cette spécialiste, aux multiples compétences, s'avérait déterminante.

L'une d'elles, Inénou, « Celle qui procure de l'énergie », fut immortalisée grâce à un bas-relief conservé au musée de Brooklyn. Le Moyen Empire reste fidèle à la tradition de beauté, de charme et d'élégance affirmée au temps des pyramides, et de nombreux témoignages archéologiques[1] et textuels permettent de connaître les tâches d'une spécialiste comme Inénou.

Lié à Hathor, son travail n'est pas uniquement profane. Rendre belle une femme, c'est la faire bénéficier du rayonnement de la déesse ; le corps féminin devient son réceptacle et l'une de ses expressions.

D'abord, soigner la chevelure ; Inénou a appris de multiples techniques pour la mettre en valeur en

1. Par exemple, le sarcophage de la princesse Kaouit (musée du Caire, JE 47397).

confectionnant des perruques. Mèches, tresses, nattes, rien ne la déroute ; elle sait répondre aux desiderata de ses « patientes » et s'adapter à la forme de leur visage. Inénou utilise des produits, telle l'huile de ricin, afin de préserver la santé des cheveux, et les soins capillaires sont un chapitre des traités de médecine. Des recettes luttent contre leur perte et la calvitie, des teintures masquent l'apparition de la redoutée couleur grise ; et le pire châtiment qu'une femme souhaite à sa rivale, c'est de perdre sa belle chevelure.

Inénou dispose d'une jolie quantité de produits de beauté, soigneusement rangés dans de délicats coffrets, incrustés de métal et d'ivoire, et décorés avec raffinement. Après s'être servie de peignes, d'épingles et de pinces à épiler, le moment est venu de choisir un parfum.

La fabrication des parfums : une des grandes spécialités des anciens Égyptiens. Les laboratoires des grands temples possédaient un savoir remarquable en la matière et, contrairement à ce qu'on a longtemps cru, les fragrances égyptiennes ne provenaient pas seulement de macérations de plantes aromatiques dans des huiles grasses. Grâce aux textes provenant des sanctuaires, on connaît un grand nombre d'ingrédients, dont certains n'ont pas été identifiés ; et l'on sait que le parfum était lié au souffle de vie et à la régénération de l'âme. En réalité, le travail des parfumeurs égyptiens était aussi complexe et technique que celui des spécialistes actuels.

Inénou choisissait une cuiller à fard, par exemple en forme de jeune nageuse nue, les bras tendus devant elle[1], et symbolisant la déesse du Ciel qui traverse les eaux primordiales. En appliquant les fards vert et noir, capables d'assainir le visage des dieux et de guérir l'œil d'Horus en le rendant sain et complet, Inénou utilisait un maquillage à la fois esthétique, symbolique et thérapeutique. Esthétique, comme on peut le constater en admirant les Égyptiennes ; symbolique, car leur regard participait de celui des divinités ; thérapeutique, puisque les fards protégeaient les yeux contre diverses affections.

Une découverte récente prouve que ces fards, variés et complexes, n'étaient pas seulement à base de plomb, de manganèse et de cuivre, mais que les chimistes égyptiens savaient fabriquer des produits de synthèse, capables d'effacer les rides et les cicatrices[2].

Coiffure, parfum, maquillage, fards… Au tour des vêtements. Matériau privilégié : le lin, produit en diverses qualités, du lin royal au tissu ordinaire. Et une préférence, indémodable : le fourreau à bretelles, robe moulante, mettant en valeur les courbes et les rondeurs du corps féminin. Plus tard, on adoptera des plissés et des voiles aériens et transparents.

Un sous-vêtement ? Un simple pagne triangulaire. En hiver, si le vent est froid, châle et manteau de laine. Chaussures ? Des sandales, allant du modèle le plus élémentaire, en papyrus, jusqu'à celui, coûteux, en cuir décoré.

---

1. Plusieurs types de cuillers à fard : une musicienne jouant du luth, une fillette portant des fleurs, une jeune fille voguant sur une barque dans une zone aquatique peuplée de lotus et de papyrus.

2. Voir le *Mensuel de l'X*, n° 564, avril 2001, p. 39 *sq*. En laboratoire, on produisait notamment de la phosgénite et de la laurionite.

Inénou n'oublie pas une parure indispensable : les bijoux. La gamme est étendue : diadèmes, boucles d'oreilles, colliers, pendentifs, bracelets, bagues… Les matériaux ? Or, cornaline, améthyste, turquoise, serpentine et autres pierres semi-précieuses. Ces objets protègent les belles des attaques pernicieuses des démons et confortent leur joie de vivre.

Restait l'épreuve suprême : celle du miroir, l'*ânkh*, « la vie ». En se contemplant, la belle dont s'est occupée la coiffeuse sera-t-elle satisfaite ? S'estimera-t-elle une digne fille de la déesse Hathor ? Incarnation du soleil, le disque de métal poli reflète la splendeur du ciel étoilé et se trouvait employé pendant les rituels célébrés dans les temples.

Miroir, mon beau miroir… Oui, la femme soigneusement coiffée, parfumée, vêtue et parée est rayonnante comme la lumière du matin, son regard est clair, ses doigts sont semblables à des calices de lotus. Et sa beauté, quoique temporelle et passagère, incarne et prolonge celle, inaltérable, de la déesse Hathor.

21

DES INITIÉES AUX GRANDS MYSTÈRES

Face à la porte du temple, deux initiées provoquent l'allumage de trois feux pour éveiller l'être qui émerge des ténèbres de la mort.

(D'après Champollion)

Au Moyen Empire, un site connaît une expansion remarquable, celui d'Abydos, en Haute-Égypte. Il ne s'agit pas d'un centre économique, mais spirituel, où sont organisés et célébrés les mystères d'Osiris. Dès la Ire dynastie, il joue déjà un rôle essentiel, et le mythe osirien, celui du dieu assassiné par son frère Seth et ressuscité par sa sœur-épouse Isis, est constitué. Il affirme que l'amour et la connaissance peuvent triompher de la mort, à condition de vivre les grands mystères, d'en percevoir la signification ultime et de devenir un Osiris.

Les pharaons du Moyen Empire accordent aussi une importance particulière au site d'Abydos, notamment Sésostris III, ce roi au visage sévère et aux grandes oreilles, nécessaires pour écouter jour et nuit les demandes de son peuple. Le temple des mystères fut agrandi, et les initiés disposèrent d'un vaste ensemble architectural pour y déployer leurs rites.

Question essentielle : les femmes étaient-elles présentes ? Et la réponse est affirmative. De plus, si l'éternité d'un homme était celle d'Osiris, une femme devenait à la fois une Hathor *et* un Osiris, à l'issue de son initiation.

L'une d'elles mérite d'être citée, en raison du caractère exceptionnel du document qui nous révèle son existence : la dame Taniy, dont le nom signifie probablement « Libérée du mal ». Comme un certain nombre d'initiés et de pèlerins, Taniy eut le droit d'implanter une stèle d'immortalité à Abydos. Nombre de ces témoignages, si émouvants et importants, sont aujourd'hui dispersés dans les musées du monde entier. Celle de Taniy fut brisée en deux morceaux, mais un petit miracle se produisit, et l'on parvint à la reconstituer[1].

Que nous apprend la stèle de Taniy ? D'abord, qu'elle était « pourvue de caractère », ce qui ne signifie pas seulement qu'elle avait une forte personnalité, mais aussi qu'elle était apte à percevoir un enseignement et à l'appliquer. Et ces dispositions lui valurent d'être remarquée du couple royal et d'appartenir à son entourage : Pharaon la distingua pour la qualité de ses paroles, la justesse de sa formulation et son respect de la règle de Maât. Elle bénéficia du statut de « Vénérable auprès de la Grande Épouse royale[2] », de l'amour des souverains et reçut des présents quotidiens.

---

1. Voir H. de Meulenaere, « Retrouvaille de la dame Taniy », in *Pyramid Studies*, 1988, p. 68-72.

2. Le terme « vénérable », *imakh*, signifie littéralement « celui (ou celle) qui est dans la lumière (*akh*) », autrement dit le plus haut état spirituel que puisse atteindre un humain. Et contrairement à une erreur souvent répétée, ce terme ne s'applique pas seulement aux défunts reconnus justes par Osiris, mais aussi aux vivants ayant eu accès à ses mystères sur cette terre. De plus, Taniy indique :

Étant « Connue du roi », Taniy fut autorisée à se rendre à Abydos pour être initiée aux grands mystères d'Osiris. Et le texte de sa stèle revêt un caractère extraordinaire, parce qu'il relate quelques épisodes d'un rituel à propos duquel les anciens Égyptiens se montrent fort discrets, et qui fut reconstitué à partir de documents épars et variés[1].

Dès son arrivée sur le site, Taniy fut conduite à l'intérieur de « la tente divine », où elle fut purifiée, comme Pharaon l'était chaque matin ; son regard fut libéré, elle put voir les rites secrets et y participer. En contemplant la momie d'Osiris, elle affronta la mort ; après une veillée funèbre lui fut révélé le long processus de résurrection, la véritable alchimie qui transforma la mort en vie, et permit à l'initiée d'être transmutée en Osiris.

À l'heureuse issue de ces épreuves, Taniy révèle qu'elle est montée dans la barque d'Osiris, acte rituel fondamental lui assurant de partager à jamais l'éternité du dieu ressuscité. Appartenant désormais à la communauté des fidèles d'Osiris, elle défendit avec eux

---

« Je suis quelqu'un dont la formulation révèle les qualités, qui formule les rites que l'on accomplit pour elle », expression d'ordinaire réservée à la reine. Une autre femme Vénérable (*imakhet*) a été récemment redécouverte, et sur un site hautement significatif, puisqu'il s'agit d'el-Bersheh, la nécropole des grands prêtres de Thot en Moyenne-Égypte ; elle se nommait Djéhoutinakht, « Thot est victorieux », portait un très haut titre conféré par Pharaon et disposait d'une demeure d'éternité (voir H. Willems, *Les Textes des sarcophages et la démocratie*, Paris, Cybèle, 2008, p. 85-86).

1. Voir C. Jacq, *La Légende d'Isis et d'Osiris*, Paris, MdV Éditeur, 2010.

la barque divine contre les attaques des suivants de Seth, qui chercheront toujours à la détruire.

Après qu'ils eurent été terrassés et que le mal eut été éloigné du temple, Taniy sortit dans la plaine merveilleuse de la lumière divine ; des ritualistes présentèrent à ses yeux, à son nez et à ses oreilles des plantes nommées « la vie est en toi » et appliquèrent sur son corps l'onguent « les frères du ciel ». Et c'est Horus l'Aîné, le grand dieu du Ciel, assisté de Tayt, la déesse du Tissage, qui la revêtit de son habit rituel, une longue robe blanche à bretelles. Coiffée d'une perruque courte, parée d'un collier large symbolisant les neuf divinités chargées de créer le monde en permanence, l'initiée fut amenée devant Osiris, son épouse Isis, et leur fils Horus. Alors, son nez respira et ses yeux virent.

Proclamée « Juste de voix », donc capable de vaincre la mort et de renaître dans les paradis de l'au-delà, Taniy fut vénérée par des serviteurs et des servantes de son *ka*, qui l'associèrent aux fêtes d'Osiris.

Dresser une liste des femmes initiées aux grands mystères exigerait de nombreuses pages ! Songeons à la dame Hénout-Oudjébou, « La maîtresse des largesses »[1], dont le sarcophage proclame qu'elle fut placée parmi les étoiles impérissables, sans mourir. Quant à Taouaou, son initiation est relatée par un papyrus de l'époque ptolémaïque[2], qui nous fait

1. Cercueil conservé à la Washington Gallery of Arts, Saint Louis ; voir E. Delange, *Aménophis III, le Pharaon-Soleil*, Paris, RMN, 1993, p. 270.

2. Voir J.-C. Goyon, *Le Papyrus du Louvre n° 3279*, Le Caire, 1966. Le nom Taouaou signifie peut-être « la Lointaine ».

des révélations remarquables. Cette musicienne, qui officiait au temple, fut identifiée à toutes les grandes divinités, masculines et féminines. Boursouflement de son ego, délire paranoïaque ? Certes pas ! Ces divinités ne sont pas objets de croyance, mais de connaissance ; elles sont des forces créatrices que l'on peut déceler et déchiffrer. Aussi est-il possible d'en percevoir l'âme et de s'y assimiler.

Des origines de la civilisation égyptienne jusqu'à son extinction, les femmes eurent accès aux mystères de ces divinités et célébrèrent les rituels qui maintenaient leur présence sur terre ; et comme il est révélé à propos d'une initiée de l'époque tardive, une ritualiste de Thèbes parfaitement équipée pour l'éternel voyage, elle est entrée dans le palais secret du maître de l'univers et fut élevée vers l'âme des dieux[1].

1. La dame Nes-ta-Netjert-ten (IIIe siècle av. J.-C.) ; voir T. Mekis, *CdE*, LXXVI (171-172), 2011, p. 41 *sq*.

22

NÉFÉROU-SOBEK, FEMME-PHARAON AVANT LE CHAOS

Qu'il fut serein et prospère, ce Moyen Empire ! De longs règnes, un pouvoir central efficace et respecté, des provinces se félicitant de leurs richesses, une luxuriance architecturale et littéraire, et le choix d'une femme comme pharaon. Ce ne fut certes pas la première, mais c'est la première dont nous possédons une titulature complète, c'est-à-dire cinq noms définissant son programme de gouvernement, le dernier étant son nom de règne, à savoir Néférou-Sobek[1], « Parfaite Beauté de Sobek ».

1. Premier nom, celui d'Horus (le dieu faucon, protecteur de la royauté) : « l'Aimée de la lumière divine (Râ) » ; deuxième nom, celui des Deux Souveraines (les déesses préposées à la Haute et à la Basse-Égypte, et aux Deux Couronnes) : « la Fille du sceptre Puissance, la Maîtresse des Deux Terres » ; troisième nom, celui d'Horus d'or : « Stable d'apparitions en royauté (ou : Celle dont les couronnes sont stables) » ; quatrième nom, celui du roi de Haute et de Basse-Égypte : « Sobek est la puissance vitale (*ka*) de la lumière divine (Râ) » ; cinquième nom, celui de fille de la lumière divine : « Parfaite Beauté de Sobek ». À noter que la « pharaonne » est désignée comme un faucon femelle (Horus féminin) et fille (non fils) de Râ.

Qui est Sobek ? Le dieu crocodile. À le contempler, ce n'est pas la sensation de beauté qui s'impose ! Le point de vue égyptien n'est pas esthétique, mais symbolique ; le crocodile divin régnait dans une province paradisiaque de l'Égypte, le Fayoum, au sud-ouest du Caire, que de gigantesques travaux d'irrigation, au Moyen Empire, avaient transformée en une zone verdoyante. Et le redoutable Sobek était considéré comme le grand fertilisateur, qui avait fait monter le Soleil du fond des eaux afin de déclencher l'épanouissement de la nature. Qualifié de « grand poisson », le crocodile était, dans cette région, protégé, nourri et vénéré par un collège de prêtres. En devenant « Sobek du Fayoum », la femme-Pharaon proclamait sa capacité à faire jaillir la lumière hors des ténèbres et à rendre son pays verdoyant.

On suppose que Néférou-Sobek appartenait à la famille royale[1], et l'on s'interroge encore sur la durée de son règne, répertorié dans les listes royales. Selon le *Canon de Turin*, il aurait été de trois ans, dix mois et vingt-quatre jours, mais certains plaident en faveur de cinq ans.

Si le centre du pouvoir est le Fayoum, à l'entrée duquel sont construits, à cette époque, temples et pyramides, le pharaon Néférou-Sobek règne sur la totalité des Deux Terres, comme le prouvent des témoignages archéologiques, recueillis depuis le

1. Comme une inscription provenant du Fayoum indique qu'elle « a érigé un monument pour son père », on en déduit que Néférou-Sobek était la fille du roi Amenemhat III ; mais ce « père » peut être un dieu.

Delta, au nord, jusqu'en Nubie, que contrôlait l'armée égyptienne[1].

Une statue, malheureusement mutilée[2], représente Néférou-Sobek en pharaon. Ne subsiste qu'un torse en grès rouge et, sur la ceinture, apparaît son nom. Des seins de femme, une élégante robe plissée, un pagne royal… Nul doute que le sculpteur a voulu incarner l'alliance de la féminité et du pouvoir suprême. Comme de tradition, quand une femme devient Pharaon, elle est à la fois Femme et Homme, un Horus féminin.

D'autres statues de Néférou-Sobek, provenant du Delta, la montrent dans des postures traditionnelles, assise sur son trône et piétinant « les neuf arcs », à savoir les ennemis de l'Égypte, ou présentant des vases d'offrande aux divinités ; elle prend même la forme d'un sphinx, dont la fonction était d'écarter du temple les influences négatives et les profanes. À l'évidence, les ateliers royaux étaient à l'œuvre et produisirent de nombreuses effigies de leur souveraine.

Sans nul doute, Néférou-Sobek fit bâtir sa propre pyramide, point culminant d'un ensemble architectural, voué à l'immortalité de son *ka*[3]. Lors du décès, un nouveau pharaon aurait dû être désigné, et un collège

---

1. En l'an trois, « sous la majesté du roi de Haute et de Basse-Égypte Néférou-Sobek », précise une inscription, on mesura la hauteur de la crue du Nil sur le site de Semna, en Nubie. À noter qu'une statuette de Néférou-Sobek fut retrouvée en Israël : simple exportation culturelle, ou preuve d'une relative mainmise sur la région ?

2. Statue Louvre E 27135, de provenance inconnue.

3. Cet ensemble architectural se nommait « Néférou-Sobek dispose de la puissance (*sekhem*) », et l'on suppose, sans certitude,

de ritualistes chargé de célébrer quotidiennement la mémoire de la défunte.

C'était sans compter sur une apocalypse, la première invasion étrangère et la première occupation d'une partie du territoire égyptien, qui allaient mettre un terme brutal au règne de Néférou-Sobek et au radieux Moyen Empire.

Vers 1785 av. J.-C., les Hyksôs, les « chefs des pays étrangers », agrégat de populations comprenant guerriers, agriculteurs et nomades attirés par les richesses de l'Égypte, envahissent le Delta. L'armée de Néférou-Sobek tenta-t-elle de résister, commanda-t-elle ses troupes, mourut-elle au combat ? Pas le moindre indice pour répondre à ces questions. Seule constatation : Néférou-Sobek disparaît, et les ténèbres s'abattent sur l'Égypte.

---

que sa pyramide fut érigée sur le site de Mazghouna, au sud de Memphis.

23

LA REINE LIBERTÉ

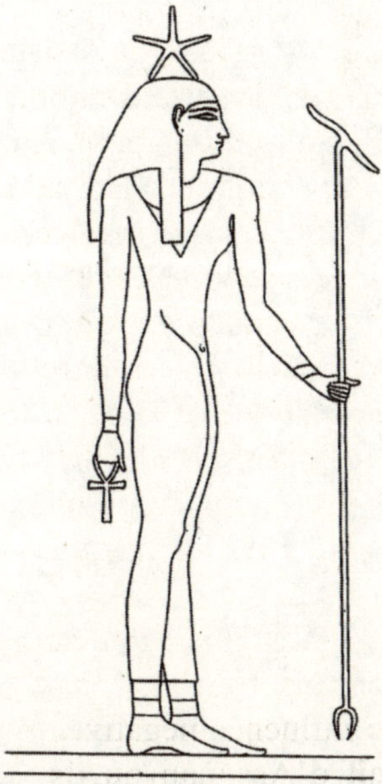

Une femme-Étoile détient le sceptre Puissance, à tête de Seth, et l'*ânkh*, signe d'une vie inaltérable : tels furent les dons d'une jeune reine qui libéra l'Égypte des envahisseurs.

Trois mouches d'or, la décoration suprême, en Égypte, pour un combattant ayant prouvé sa vaillance face à l'ennemi et sa capacité, comme cet insecte insupportable, à revenir inlassablement à l'attaque. Trois mouches d'or décernées non à un robuste gaillard, mais à une femme exceptionnelle, la reine Iâh-Hotep[1], une Jeanne d'Arc égyptienne qui joua un rôle décisif lors de la libération de l'Égypte et de l'expulsion des Hyksôs, qui occupèrent une partie du pays pendant plus de deux siècles.

L'histoire, discipline exclue de la pensée égyptienne, est souvent biaisée, voire injuste ; et Iâh-Hotep, en dépit

---

1. J'ai raconté son épopée dans *La Reine Liberté* (3 volumes), Paris, XO Éditions, 2001-2002. Elle fut inhumée dans un tombeau de Dra Abou el-Naga, un secteur de la nécropole de Thèbes-Ouest. Et, outre les trois mouches d'or, deux autres objets « guerriers » y furent découverts, soulignant le rôle militaire de la reine : un poignard à la lame d'or et une hache au manche de cèdre recouvert d'or. Voir M. Eaton-Krauss, « The Coffins of Queen Ahhotep, Consort of Seqeni-en-Rê and mother of Ahmose », *CdE* XLV/130, 1990, p. 195-205.

des faits, en est une des victimes, tant son rôle demeure méconnu et sous-estimé. Il est vrai que certains historiens, qui préfèrent écouter leurs propres théories plutôt que les témoignages des anciens Égyptiens, tendent à minimiser la dureté de l'occupation des Hyksôs, pourtant détestés par ceux qu'ils soumettaient à leur tyrannie. Les envahisseurs n'étaient-ils pas des adversaires résolus de Râ, lumière divine, et des adeptes de Seth, l'assassin d'Osiris ? Chefs de clans ne manquant pas de s'affronter pour garder le pouvoir, les Hyksôs se contentèrent du Nord, se heurtant à la résistance des provinces du Sud, et particulièrement à celle de Thèbes.

Thèbes, la petite ville où était née la princesse Iâh-Hotep, au nom significatif : « La Lune est en plénitude », que l'on pourrait traduire « Guerre (*iâh*) et Paix (*hotep*) », car la Lune, en Égypte, est une divinité masculine et guerrière. Fille d'un couple régnant, au moins sur le territoire non occupé[1], la reine épouse un jeune homme fougueux, Séqenenrê[2], et ils partagent le même idéal : se débarrasser des Hyksôs.

Bien qu'ils soient parents de deux garçons, ils oublient le bonheur familial et préparent la guerre de libération. Une entreprise à la limite de l'insensé ; comment une petite troupe de Thébains pourrait-elle vaincre la solide armée hyksôs ?

Encouragé par son épouse, Séqenenrê décide d'attaquer. Vers 1570 av. J.-C., la reconquête débute. Les premiers heurts sont d'une violence extrême, et le

---

1. Iâh-Hotep était la fille de Taâ et de Tétishéri, qui fut probablement la première à prôner une guerre de libération.

2. « Celui qui accroît la bravoure pour la lumière divine ».

courageux Séqenenrê est tué au combat. Comment le savons-nous ? Grâce à sa momie, pieusement préservée ; les embaumeurs n'ont pas masqué les plaies, préservant ainsi le souvenir d'un guerrier valeureux, mort pour son pays.

Un tel malheur aurait découragé beaucoup d'épouses ; pas Iâh-Hotep. Son fils aîné, Kamosé[1], est en mesure de combattre et saisit le flambeau légué par son père.

Les Hyksôs ont perçu le danger. Une stratégie s'impose : prendre les Thébains en tenaille, en s'assurant l'aide des Nubiens. Les Hyksôs au nord, les Nubiens au sud : les révoltés seront écrasés.

C'est mal connaître la vigilance et la détermination de la reine : elle envoie son fils vers le nord, pendant qu'elle fortifie la frontière sud, à Éléphantine, empêchant les tribus nubiennes de déferler.

Et la double manœuvre réussit ! Tandis que Iâh-Hotep contient les Nubiens, Kamosé vole de victoire en victoire, et délivre une à une les localités détenues par les Hyksôs.

Mais reste le principal bastion, aux fortifications imprenables : Avaris, dans le Delta, la capitale de l'occupant. Le siège échoue ; bien que les sources ne soient pas explicites, on peut supposer que Kamosé n'a pas survécu à un assaut. Veuve, son fils aîné disparu… Iâh-Hotep ne renonce pas. Mais son second fils est trop jeune pour guerroyer, et le moral des troupes se délite. Alors, elle assure le commandement de l'armée. Et un texte extraordinaire décrit son action.

---

1. « La puissance est née ». Son nom est suivi d'un guerrier brandissant un bâton.

Adressez des louanges à la dame des rivages des contrées lointaines[1]*, dont le nom est exalté dans chaque pays étranger, elle qui gouverne des multitudes, elle qui prend soin de l'Égypte avec sagesse, qui s'est préoccupée de son armée, qui a veillé sur elle, qui a fait revenir les fugitifs et rassemblé les dissidents, qui a pacifié la Haute-Égypte et soumis les rebelles*[2].

C'est le tournant de la guerre. Iâh-Hotep a évité la débandade et rassemblé les énergies ; désormais, un seul objectif : s'emparer de la forteresse d'Avaris. Et c'est son second fils, Ahmosis[3], qui accomplira cet exploit et chassera les derniers Hyksôs.

L'Égypte était libérée, la victoire d'Iâh-Hotep totale. La première partie de son nom, « guerre », était accomplie ; la seconde « paix », vit la naissance d'une nouvelle dynastie, la XVIIIe, l'une des plus fabuleuses de l'histoire égyptienne. Et c'est à Thèbes et à son dieu, Amon, « le Caché », que l'on devait ce triomphe. Aussi la modeste cité du Sud fut-elle élevée au rang de capitale des Deux Terres, une ville que les pharaons du Nouvel Empire ne cesseront d'embellir. Le nom

1. Traduction approximative ; les *haou-nebout*, dans ce contexte, semblent désigner « les îlots du Nord », c'est-à-dire les zones aquatiques du Delta reconquises grâce à l'action d'Iâh-Hotep.

2. *Urkunden* IV, 21. 3-17. Stèle dressée à Karnak par Ahmosis, en l'honneur de sa mère.

3. Ahmosis, « Celui qui est né de la Lune », divinité guerrière qu'incarnait sa mère, est aussi « Celui dont les transformations sont grandes, le taureau dans Thèbes, celui qui réunit les Deux Terres, la lumière divine (Râ) est le maître de la force ».

égyptien de Thèbes est Ouaset, « la Cité du sceptre Puissance (*ouas*) », que brandissent les déesses ; et cette puissance tant spirituelle que matérielle se traduira par l'expansion continue de Karnak, le temple des temples, parmi tant d'autres chefs-d'œuvre de cette région thébaine.

Même si son rôle fondamental n'est pas reconnu par les manuels scolaires, la reine Iâh-Hotep a modifié le destin de l'Égypte ancienne et créé les conditions d'un nouvel âge d'or.

24

LA REINE NOIRE ?

Un détail finit par intriguer ceux qui ont l'immense chance de séjourner assez longtemps sur la rive ouest de l'ancienne Thèbes pour visiter les tombes, ces demeures d'éternité animées de couleurs vivifiantes et d'où la mort est absente : quelle est cette reine, représentée à plusieurs reprises et visiblement vénérée, dont la peau est de couleur noire ?

À l'aube de la XVIIIe dynastie, qui lutta contre les Nubiens, alliés des envahisseurs hyksôs, une Nubienne serait-elle montée sur le trône d'Égypte ?

Certes pas, et nous en avons la preuve, puisque la momie d'Ahmès-Néfertari, préservée dans une cache[1], nous apprend que cette femme d'exception, morte très âgée, avait la peau blanche.

Alors, pourquoi le choix de la couleur noire ? En Égypte ancienne, celle du deuil était le blanc,

---

1. La cachette royale de Deir el-Bahari, découverte en 1881. La momie de la reine reposait dans un immense sarcophage, long de près de quatre mètres, qui la représente en majesté, tenant deux signes *ânkh*, la vie, et coiffée d'une perruque surmontée de deux plumes, évoquant l'air lumineux et le feu créateur.

et le noir n'a aucune connotation négative ; au contraire, il se réfère au limon fertile, à la terre généreuse qui donne la vie. L'inventeur de la momification, le guide des âmes justifiées sur les chemins de l'autre monde, est un chacal à la robe noire, Anubis ; et lorsque Osiris est noir, il symbolise le processus alchimique, capable de transformer la mort en vie.

Héritier de la symbolique égyptienne, le Moyen Âge mettra en valeur des Vierges noires, évocations d'Isis portant l'enfant Horus et faisant jaillir la lumière hors des ténèbres.

Qui était cette reine, choisie pour incarner la résurrection de l'Égypte après une occupation étrangère, et sans laquelle le redressement du pays aurait sans doute échoué ?

D'abord, son nom : « Née de la Lune, la beauté est sienne[1] ». Elle se rattache à la même tradition que Iâh-Hotep, mais développe la notion de « beauté », traduction insuffisante du terme *néfer* qui englobe les notions de perfection, de bonté, d'œuvre complètement réussie de laquelle, néanmoins, renaît une œuvre à venir.

Sur les origines et la famille d'Ahmès-Néfertari, pas d'information sérieuse ; et point n'était besoin d'appartenir au cercle de la royauté pour devenir l'épouse du premier pharaon de la XVIIIe dynastie, Ahmosis, aussi « Né de la Lune » et vainqueur des Hyksôs.

---

1. Iâh-Néféret-Iry, que l'on a pris l'habitude de transcrire Ahmès-Néfertari. La seconde partie de son nom, Néfertari, « La beauté est sa caractéristique, elle lui appartient, elle est sienne », fut reprise par la Grande Épouse royale de Ramsès II, que nous évoquerons plus loin.

Ahmès-Néfertari et son royal époux eurent une longue vie heureuse, et donnèrent naissance à plusieurs enfants ; la longévité de la reine, dont la pensée et l'action façonnèrent en profondeur la dynastie naissante, fut l'une des clefs de son influence.

Pour l'amour d'une grand-mère

Si Iâh-Hotep avait joué le rôle d'une Jeanne d'Arc, elle le devait en partie à la détermination de sa mère, Tétishéri, devenue la grand-mère de la nation, et le modèle des futures reines du Nouvel Empire, au caractère bien trempé.

En tant que Grande Épouse royale, Ahmès-Néfertari tint à lui rendre hommage d'une manière particulièrement appuyée.

Le site choisi n'est pas anodin : Abydos, le royaume d'Osiris, maître des ressuscités ; et les monuments érigés en l'honneur de cette grand-mère incomparable sont remarquables : une pyramide et un temple, où des ritualistes présenteraient des offrandes à son *ka*.

À l'origine de cette initiative, le petit-fils de Tétishéri, le roi Ahmosis en personne, qui vénérait sa grand-mère ; une stèle, découverte à Abydos, relate le dialogue entre le monarque et son épouse, au cours duquel ils prirent ensemble la décision de construire ces monuments commémoratifs.

Aux yeux du couple, il est essentiel d'honorer les ancêtres, et notamment cette grand-mère exemplaire, dont les autels devront être garnis de nourritures abondantes lors de chaque grande fête. Ainsi reverdiront ses tables d'offrandes, ainsi sera maintenu le lien entre l'au-delà et l'ici-bas, ainsi cette vaillante aïeule protégera-t-elle ses descendants du malheur ; et ce sera l'une des fonctions de la reine, que de veiller à l'accomplissement parfait des rites.

L'Épouse du dieu crée sa demeure

Thèbes, nouvelle capitale du pays et cité du dieu Amon, voit sa hiérarchie s'affirmer ; et c'est la reine, et non un homme, qui occupe le poste de « Deuxième Serviteur du dieu », juste au-dessous du grand pontife.

Mais cette fonction ne lui suffit pas. Au pharaon, son épouse demande de créer une nouvelle institution, celle d'« Épouse du dieu (Amon) », en la dotant d'indispensables richesses. Une institution qui sera placée sous la seule autorité de la reine.

Sollicitation acceptée, et décret gravé sur une stèle retrouvée à Karnak.

Que précise-t-il ? Que l'État accorde une donation à la reine, consistant en bâtiments, en terres, en or, en argent, en bronze, en vêtements, en jarres d'huile, en blé, en onguents et cosmétiques. La valeur de ces biens est indiquée par rapport à l'étalon de référence, et ce texte juridique précise que le prix réel a été abaissé. La reine ne conteste pas les termes de cette transaction, que nul ne saurait remettre en cause ; et elle remercie le roi de lui avoir accordé tant de richesses, alors qu'elle ne possédait rien.

Ultime démarche pour devenir « Épouse du dieu » : prêter serment devant les autorités religieuses et civiles, et obtenir l'aval du dieu Amon, dont Ahmès-Néfertari serait à jamais la fidèle servante.

Coiffée d'une perruque courte que serre un bandeau, surmontée des deux hautes plumes symbolisant la vie et la Règle d'harmonie, vêtue d'une robe fourreau à bretelles, la reine dirigeait une corporation de prêtres et de prêtresses vouée à la célébration du culte d'Amon et à la pratique de ses mystères. En l'éveillant, en l'appelant à s'incarner, l'Épouse du dieu accomplissait un acte magique majeur qui garantissait la pérennité du pays.

Et la reine régna…

Au terme d'un règne heureux et paisible d'un quart de siècle, le pharaon Ahmosis s'éteignit. Le « fils » appelé à lui succéder étant trop jeune, c'est Ahmès-Néfertari qui assura la régence. « Maîtresse des Deux Terres », elle fut aussi Premier ministre et Maître d'œuvre, assurant la continuité du pouvoir jusqu'à l'accession au trône du premier des Amenhotep, dont elle organisa la cérémonie de couronnement. Voir naître une dynastie, après une longue occupation étrangère, était une sorte de miracle, que la reine conforta en incarnant la stabilité, à travers une autorité incontestable et incontestée.

Dans ces conditions, on comprend pourquoi on érigea en son honneur un temple nommé « Que la place soit stable et durable (*men-set*) », privilège réservé, d'ordinaire, à un pharaon. Lors d'une fête, la barque sacrée d'Ahmès-Néfertari sortait de son sanctuaire, portant une statue la représentant en reine noire, et parcourait les lieux saints de la rive d'Occident.

Une rive que la souveraine anima d'une manière remarquable, en favorisant la création d'un village, « la Place de Vérité » (Deir el-Medineh), qui accueillit une confrérie d'artisans, chargée de creuser et de décorer les tombes royales. Tout au long de leur histoire, ils vénérèrent Ahmès-Néfertari, considérée comme leur sainte patronne et leur protectrice. Et l'activité créatrice de la grande reine ne s'arrêta pas là ; elle fut probablement l'auteur de textes fondamentaux, tel le *Rituel d'Amenhotep Ier*, qui servit d'inspiration aux sculpteurs et aux peintres qui travaillèrent dans les temples thébains ; et sans doute participa-t-elle à l'élaboration d'une version développée du *Rituel du culte divin journalier* que célébraient quotidiennement les pharaons.

Au terme d'une longue vie consacrée à l'affirmation d'un État au service des dieux et d'un peuple qui avait recouvré la liberté et la prospérité, Ahmès-Néfertari regagna le ciel sous le règne du premier des Thoutmosis. Et personne ne l'oublia ! Élevée au rang d'ancêtre bienfaisante, elle bénéficia d'un véritable culte, et son souvenir fut perpétué par de nombreuses représentations sur les parois des tombes thébaines, et divers objets, tels des scarabées, des bijoux, des sistres à son nom, sans oublier stèles et statuettes. À Karnak, où son *ka* vivait à jamais dans une statue, elle figure sur les bas-reliefs ; Séthi Ier et son fils Ramsès II honorèrent la mémoire de la reine, à la fois « Épouse du dieu » et mère d'une dynastie et d'un nouvel âge d'or.

25

HATCHEPSOUT, LA REINE D'OR

Pressentait-elle, la jeune fille à laquelle son père, le pharaon Thoutmosis Ier, faisait parcourir l'Égypte, que les dieux lui réservaient un destin extraordinaire ? Peut-être un peu, car le roi l'initiait ainsi aux secrets du pouvoir, en lui permettant de découvrir toutes les provinces des Deux Terres et d'être présentée à chaque grand temple. Une période de formation déterminante, voulue par le premier des Thoutmosis, « Celui qui est né de Thot », créateur de la langue sacrée, maître de la Connaissance et patron des scribes.

Le pays est riche et en paix, la dynastie est solidement implantée, la capitale se développe, le temple de Karnak s'enrichit de nouvelles constructions. Certes, le roi n'oublie ni l'invasion des Hyksôs, ni la trahison des Nubiens, et les frontières sont étroitement surveillées ; mais aucune menace ne plane sur l'Égypte, et il peut se consacrer au gouvernement des Deux Terres, dont il révèle les arcanes à sa fille, Hatchepsout, « Celle qui est à la tête des nobles ».

Lors de ces voyages, était-elle une enfant, une adolescente ou une adulte ? Nous l'ignorons. Et, avouons-le sans détour, nous ignorons à peu près tout du règne de la célèbre reine-Pharaon, du moins en matière de faits historiques ou d'anecdotes, comme c'est le cas pour la majorité des pharaons avant la Basse Époque ; en revanche, grâce aux témoignages sculptés et écrits, nous connaissons les actes que Hatchepsout considérait elle-même comme essentiels, et dignes de passer à la postérité. Et c'est ce chemin-là, néanmoins parsemé d'incertitudes et de questions sans réponse, que nous allons suivre[1].

La reine Hatchepsout, régente du royaume

Sans doute à la mort de son père, Hatchepsout épousa le roi Thoutmosis II. Quel âge avait-elle ? Impossible de le préciser, de même que la durée du règne du deuxième des Thoutmosis qui, selon les chercheurs, varie de trois à quatorze ans. À la mort du monarque apparaît Thoutmosis III, un garçonnet appelé à devenir pharaon, dont les origines sont obscures. Puisqu'il est trop jeune pour régner, il revient, selon la coutume, à la Grande Épouse royale d'assumer la régence.

Seule certitude : elle était parfaitement préparée à la fonction et connaissait à merveille tous les rouages de l'État. Comme l'indique un texte d'une grande clarté : « L'Épouse du dieu Hatchepsout s'occupait des affaires du pays, les Deux Terres étant sous son gouvernement. Son autorité fut acceptée, la Vallée lui fut soumise[2]. »

1. Voir notamment S. Ratié, *La Reine Hatchepsout, sources et problèmes*, Leyde, Brill, 1979 ; « Hatchepsout, femme-Pharaon », *Les Dossiers d'Archéologie*, n° 187, novembre 1993.

2. *Urkunden* IV, 59, 16-60, 4.

Et le Maître d'œuvre Ineni ajoute : « Elle conduisait les affaires du pays selon ses propres plans, le pays œuvrant en courbant la tête devant elle. » L'architecte utilise une superbe symbolique, si parlante pour les Égyptiens : Hatchepsout est le câble qui hale le Nord, le poteau où l'on amarre le Sud, la drosse parfaite du gouvernail. Quand elle s'exprime, la paix règne, et ses ordres sont excellents.

Et divers indices tendent à montrer que la régente n'a nullement l'intention d'évincer le petit Thoutmosis III, considéré comme le pharaon régnant, et qui apprend peu à peu son métier de roi. La reine fait d'ailleurs creuser sa demeure d'éternité, dans un endroit particulièrement difficile d'accès ; parvenir à l'entrée de sa tombe nécessite une bonne condition physique et des qualités de grimpeur, ce qui ne rebuta pas les pillards.

Tout semble si simple, et pourtant… Un dieu, et pas n'importe lequel, intervint dans les affaires humaines. Le vingt-neuvième jour du deuxième mois de la saison d'hiver, en l'an deux du règne de Thoutmosis, Amon, le seigneur de Thèbes, s'exprima pour dicter sa volonté, et le grand prêtre déchiffra son oracle : la reine Hatchepsout deviendra Pharaon.

Manque une précision : à quelle date ? Nul ne saurait s'opposer à ce décret divin, mais Hatchepsout ne semble guère pressée, puisqu'elle attendra cinq ans avant de monter sur le trône ! Bien entendu, avanceront les amateurs d'intrigues de cour et de coups politiques, elle s'empressera d'éliminer l'encombrant Thoutmosis III. Eh bien, non ! Et c'est là où la « logique » de l'ancienne Égypte diffère de la nôtre. Sa raison d'État, ce n'est pas le pouvoir temporel à n'importe quel prix, mais le respect de la règle de Maât et l'écoute de la parole des dieux. Thoutmosis III a été désigné pharaon, il le restera ; Hatchepsout, bénéficiant de l'oracle d'Amon, le deviendra ; les deux règnes se superposeront, les deux souverains seront associés à plusieurs reprises, sans heurts ni guerre de clans. Situation surréaliste à nos yeux, voire incompréhensible, mais il en fut pourtant ainsi.

Et la reine devint roi

En l'an sept du règne de Thoutmosis III, l'oracle d'Amon s'accomplit, et Hatchepsout est couronnée Pharaon. Désormais, chargé de brûler les ennemis de la lumière, le serpent uræus ornera son front ; et elle portera la barbe postiche, symbole de l'héritage du Créateur, Atoum.

Élément décisif : le choix de ses cinq noms, annonçant son « programme » de règne. En tant que *fils* de la lumière divine, elle reste Hatchepsout, avec une précision : « Celle qui s'unit à Amon ». En tant que roi de Haute et de Basse-Égypte, une proclamation : « La Règle (Maât) est la puissance (*ka*) de la lumière divine (Râ)[1]. »

Les termes employés sont significatifs : maintien de la Règle d'harmonie, Maât ; affirmation de la puissance

1. Les trois autres noms : celui d'Horus : « Riche en puissances créatrices (*ouseret kaou*) » ; celui d'Horus d'or : « Celle dont les apparitions sont divines (*netert khâou*) » ; celui des Deux Maîtresses (le vautour et le cobra) : « la Verdoyante d'années (*ouadjet renpout*) ».

créatrice, le *ka* ; et référence à Râ, le soleil originel d'où émane la lumière qui transforme Hatchepsout en « Femme d'or », symbolique qu'elle illustrera de manière rituelle, comme nous le décrirons plus bas, à l'occasion d'un voyage vers l'eldorado de la mythologie égyptienne.

Quel âge avait Hatchepsout lors de son couronnement, était-elle belle et séduisante ? Nous ne le saurons jamais, et peu importe ; seuls comptent les statues et les portraits de pierre immortels, représentant une femme-Pharaon à l'élégance souveraine, au visage d'une remarquable finesse, aux yeux en amande, au nez aquilin, aux lèvres fines et au léger sourire.

Et puis Hatchepsout n'est pas une femme comme les autres, puisqu'elle est née de l'union d'une mortelle et du dieu Amon, qui avait revêtu l'apparence physique du roi Thoutmosis Ier, pour engendrer sa fille et lui promettre la fonction pharaonique. Cette théogamie est représentée de façon très pudique sur les bas-reliefs du temple de Deir el-Bahari, où Hatchepsout révèle ses origines sacrées. Enivrée par l'odeur merveilleuse du corps de son mari, la future mère s'embrase d'amour pour lui ; ne répand-il pas toutes les senteurs du merveilleux pays de Pount, où Hatchepsout enverra une expédition ? La rosée divine se répandit dans tous les membres de la reine, qui engendra un enfant auquel le dieu accordera la puissance créatrice et les qualités nécessaires pour gouverner.

Plusieurs divinités veillent sur la naissance de Hatchepsout, qui se déroule donc au mieux ; la déesse Hathor présente son enfant à Amon, dont le cœur se réjouit à sa vue. Et comme tout père émerveillé, il la serre dans ses bras et l'embrasse, avant qu'elle soit allaitée par la vache céleste, incarnation de Hathor, à laquelle Hatchepsout rendra un culte particulier. Ne la fera-t-elle pas renaître chaque jour, tel un nouveau soleil ?

Reste une dernière tâche : Amon présente sa fille aux divinités de Haute et de Basse-Égypte, afin de légitimer son pouvoir futur. « Aimez-la, recommande-t-il, placez votre confiance en elle. »

En devenant pharaon, Hatchepsout est à la fois Femme et Homme, et ne prend donc pas de mari ; la fonction de Grand Époux royal ne saurait exister. Lors de son couronnement, la reine avait une fille, Néférourê[1], qui fut Épouse divine et semble s'être vouée à des activités de ritualiste, loin des tâches temporelles. Même si sa mère l'avait souhaité, elle ne lui succédera pas.

Hatchepsout, Maître d'œuvre

Selon le vœu de son père Amon, Hatchepsout « exerça la bienfaisante fonction royale dans le pays entier », et son premier devoir consista à entretenir les édifices sacrés et à bâtir des temples. Alors que le jeune Thoutmosis III reste dans l'ombre, et qu'aucun conflit ne les oppose, Hatchepsout peut s'appuyer sur des corps d'État loyaux et efficaces.

Parmi les principaux dignitaires, le grand prêtre d'Amon et vizir Hapou-Séneb joua un rôle non négligeable ; initié aux mystères de l'Ennéade, il veilla à

1. « La Perfection de la lumière divine ».

l'application, sur terre, de la règle de Maât. En tant que responsable des domaines spirituel et temporel de Karnak, il surveilla les travaux d'embellissement et d'agrandissement du temple ; et c'est lui qui fut le supérieur administratif de la confrérie des artisans de « la Place de Vérité », qui reçurent l'ordre de creuser la tombe du pharaon dans un endroit surprenant de la rive ouest, la future Vallée des Rois, que Hatchepsout inaugura.

Le principal collaborateur de Hatchepsout fut un homme d'origine modeste, Sénenmout, « le Frère de sa mère », qui connut une carrière brillante[1]. D'abord officier dans l'armée, il devint « Ami unique », titre impliquant une proximité avec le souverain ; initié aux mystères d'Amon, il fut chargé de l'administration des jardins d'Amon, des champs, des troupeaux et des greniers. Comme on disait de lui qu'il savait être silencieux et s'exprimer avec rectitude, Hatchepsout le nomma « Nourricier », autrement dit précepteur de sa fille Néférourê, qu'il fut chargé d'instruire[2]. Cela n'implique nullement que Sénenmout ait été l'amant de la reine-Pharaon.

Le plus beau titre de gloire de Sénenmout est son activité d'architecte ; ses équipes se déployèrent sur divers chantiers, notamment Hermonthis et Karnak,

---

1. Voir P.F. Dorman, *The Monuments of Senenmut*, Londres-New York, Paul Kegan, 1988 ; *The Tombs of Senenmut*, San Antonio.

2. Sous la forme de « statue-cube », bloc d'où émerge la tête des personnages, Sénenmout fut représenté en compagnie de la fille de Hatchepsout, le maître instruisant sa disciple.

mais son grand œuvre fut le temple de Deir el-Bahari, le symbole vivant du règne de Hatchepsout.

Deux tombes[1], dont l'une décorée de représentations astronomiques permettant à l'âme de Sénenmout de vivre en compagnie des étoiles, un superbe sarcophage en quartzite, un grand nombre de statues à son effigie, dont certaines déposées dans les temples : rarement un haut dignitaire aura été honoré de manière si grandiose. Nous ignorons tout de la mort de l'architecte, et sa momie n'a pas été retrouvée ; mais subsiste le temple extraordinaire qu'il a conçu pour sa souveraine, Deir el-Bahari, dont le nom égyptien *Djéser djésérou* signifie « le Sacré des sacrés[2] », référence non fortuite au pharaon Djéser qui, avec son Maître d'œuvre Imhotep, dont la mémoire sera d'ailleurs vénérée dans l'une des chapelles du sanctuaire[3], érigea la pyramide à degrés de Saqqara, le premier monument en pierre de taille.

La volonté de Hatchepsout de relier son règne à un passé prestigieux ne s'arrête pas là, puisque le plan de

1. L'une à Gournah (tombe thébaine n° 71), l'autre à Deir el-Bahari (n° 353).

2. On traduit parfois « la Merveille des merveilles », « le Sublime des sublimes » ; mais c'est bien la notion de *djéser*, « sacré », qui est mise en avant ; elle désigne un lieu protégé du monde extérieur, où les rites peuvent être accomplis à l'abri de toute perturbation profane.

3. Dans un sanctuaire creusé au cœur de la roche furent honorés deux grands sages, Imhotep, Maître d'œuvre de Djéser, et Amenhotep fils de Hapou, Maître d'œuvre d'Amenhotep III, pharaon du Nouvel Empire. Ces deux illustres personnages étant considérés comme des guérisseurs, des malades venaient en pèlerinage à Deir el-Bahari pour recouvrer la santé, en sollicitant l'aide des deux thérapeutes.

son temple en terrasses – rythmées par des portiques – et adossé à une falaise s'inspire d'un sanctuaire tout proche, bâti au Moyen Empire[1]. Ainsi se nourrissait-elle de la sève architecturale des ancêtres royaux.

Lorsque Hatchepsout procéda à la cérémonie d'inauguration de son temple, son aspect était bien différent de celui d'aujourd'hui. Une large allée, bordée de sphinx, aboutissait à un pylône marquant l'accès à une sorte de paradis où étaient plantés des arbres à encens ; jardins et bassins, destinés à la navigation des barques rituelles, procuraient de la fraîcheur. Et voici les mots que prononça Hatchepsout :

J'ai construit un monument pour mon père Amon, maître du trône des Deux Terres, j'ai érigé ce vaste temple des millions d'années dont le nom est « le Sacré des sacrés », en belle et parfaite pierre blanche de Toura, en ce lieu qui lui est consacré depuis l'origine.

À quoi servait ce « temple des millions d'années » ? D'abord, à célébrer la communion en esprit de Hatchepsout et du dieu Amon, son unique époux ; après avoir vécu les grands mystères osiriens dans l'une des chapelles, et avoir été guidée par Anubis, le dieu

1. L'un des grands souverains du Moyen Empire, Montou-Hotep II, « Le dieu de la Guerre (Montou) est en paix », avait fait bâtir, sur une terrasse voisine du futur temple de Hatchepsout, un temple auquel on accédait en montant une rampe. L'édifice est réduit à l'état de ruines, mais sa vision inspira Hatchepsout et Sénenmout, qui développèrent ce modèle en l'amplifiant. À noter qu'une discrète représentation de l'architecte, qui n'était pas destinée à être vue, « signe » son œuvre.

à tête de chacal, la souveraine, qu'allaitait Hathor, déesse des Étoiles, était régénérée à jamais[1].

Lors de la « Belle Fête de la Vallée », le dieu Amon visitait les nombreux sanctuaires de la rive ouest, et faisait une longue halte chez Hatchepsout, sa fille et son épouse. La lumière jaillissait des torches à la nuit tombante, les vivants banquetaient avec les ancêtres, la mort était abolie.

Sur les parois des chapelles de son temple de Deir el-Bahari[2], Hatchepsout a immortalisé les événements qu'elle considérait comme majeurs et qu'elle désirait transmettre à la postérité. Nous avons déjà parlé de la naissance divine et du couronnement ; intéressons-nous à présent à un étrange voyage.

La quête de l'eldorado, une expédition au pays de Pount

La localisation du merveilleux pays de Pount, cité dès l'Ancien Empire, est un sujet qui a fait couler

1. Au temps des pyramides existait un lien clairement affirmé entre la demeure d'éternité, la pyramide elle-même, et le temple où l'on vénérait le *ka* du monarque défunt ; le Nouvel Empire respecte ce dispositif, mais en élargissant les distances entre les deux monuments. À l'aplomb du temple de régénération de Hatchepsout, mais de l'autre côté de la falaise, sorte d'écran transparent, était creusée la tombe de la souveraine, la première de la Vallée des Rois.

2. Si Deir el-Bahari est *le* temple de Hatchepsout, elle n'oublia pas le reste de l'Égypte ; constructions et restaurations d'édifices à son nom sont constatées à Thèbes, à Hermonthis, à Kom Ombo, à El-Kab, à Éléphantine, à Cusae et à Hermopolis.

beaucoup d'encre[1] ; en revanche, il n'intéressait guère les anciens Égyptiens, pour qui cette terre lointaine et fabuleuse abritait un trésor indispensable à la célébration des rites : l'encens, « Ce qui rend divin ».

Si de nombreux pharaons évoquent Pount, le récit illustré de Deir el-Bahari est le plus développé, et ce n'est pas un hasard, comme nous allons le constater.

Organiser une expédition ne fut pas une fantaisie de la souveraine ; en réalité, elle obéissait à un ordre d'Amon, son divin époux : *Établir Pount à l'intérieur de son temple, planter les arbres du pays du dieu de chaque côté de son sanctuaire, dans son jardin.*

Porteur du sceau royal, Néhési fut le commandant du corps expéditionnaire ne comprenant pas moins de cinq bateaux. Navigation paisible, et découverte d'une contrée paradisiaque où poussaient diverses espèces de palmiers et, surtout, des arbres à encens. Habitant des huttes sur pilotis, les Pounites réservèrent un excellent accueil aux Égyptiens, d'autant plus que ces derniers leur offrirent des cadeaux, notamment des victuailles et des bijoux. Comme la plupart de ses sujets, le roi de Pount, Pa-Rahou, portait une barbe pointue et était plutôt mince ; son épouse, Ity, elle, ne correspondait pas aux canons de la beauté égyptienne. Obèse et difforme, elle était mère d'une fille et de deux fils.

1. Pour le moment, avant d'autres discussions, la préférence va à une région au sud de la mer Rouge, sur la côte éthiopienne ou arabique. Les textes égyptiens ne donnent pas de précisions à ce sujet ; et le pays de Pount n'est pas seulement la destination d'un voyage maritime, puisqu'on peut l'atteindre également par le ciel. C'est bien sa dimension mythique qui prévaut, et les produits rapportés sont destinés aux temples.

Qui régnait sur ce pays merveilleux ? La déesse du Ciel et de l'Amour, Hathor. Et les Pounites vénéraient aussi Amon qui, sous la forme d'une statue, venait rendre visite à la déesse. Ces moments heureux furent l'occasion d'un grand banquet, où vin et bière coulèrent à flots ; à l'issue des festivités, la statue représentant Amon et Hatchepsout fut installée au centre du village, sacralisant et protégeant le lieu.

Et Néhési prit le chemin du retour, ses bateaux chargés de bois précieux, de sacs de gommes aromatiques, d'antimoine, d'ivoire et de quelques autres produits exotiques ; mais l'essentiel, c'étaient les inestimables arbres à encens dont les racines avaient été enveloppées dans des nattes humides.

À l'arrivée, triomphe et liesse populaire ; en échange de ses bons et loyaux services, Néhési reçut une belle récompense : quatre colliers d'or. Et Hatchepsout combla les désirs d'Amon, en plantant elle-même les arbres à encens sur le site de Deir el-Bahari.

Il faut mettre en relief une scène extraordinaire : en présence du dieu Thot et de la déesse Séchat, qui écrivent la liste des trésors de Pount, Hatchepsout en personne mesure la quantité d'encens, en utilisant un boisseau d'or fin.

À cet instant, une œuvre de nature alchimique s'accomplit : Hatchepsout s'enduit délicatement de baume qui rend divin. Une senteur merveilleuse se répand ; n'oublions pas que l'on reconnaissait la présence de Pharaon au sillon de parfum qu'il laissait derrière lui. Une transformation admirable se produisit : le corps de Hatchepsout ressembla à de l'or pur, elle rayonna comme une étoile. Ce n'était plus une mortelle qui régnait sur l'Égypte, mais la Femme d'or, vivante incarnation de la Dorée, la déesse Hathor, souveraine du cosmos.

Les guerres de Hatchepsout ?

Hatchepsout n'eut aucun combat d'envergure à mener, mais elle n'était pas une pacifiste naïve et se méfiait des éventuels ennemis de l'Égypte, à commencer par les tribus de Nubie ; en l'an douze de son règne eut lieu une opération de police qui brisa les reins de quelques séditieux. Et Hatchepsout rappelle, rituellement, qu'elle a vaincu les Libyens et les Syriens, toujours prêts à nuire ; aussi est-elle représentée en lion ou en griffon, capables de terrasser les révoltés, hostiles à Maât et propagateurs de ténèbres. Conformément à la symbolique traditionnelle, le pharaon Hatchepsout écrase sous ses sandales les « neuf arcs » qui rassemblent tous les adversaires de la lumière.

Un site remarquable, le Speos Artémidos, près de Beni Hassan, en Moyenne-Égypte, révèle la fermeté et l'état d'esprit de Hatchepsout.

Là fut creusé, dans la roche, un sanctuaire dédié à Pakhet, une redoutable déesse-Lionne, dont les griffes et les crocs auraient déchiré n'importe quel agresseur ; Hatchepsout lui offrit des statues, de l'or, de l'argent, des étoffes, de la vaisselle d'apparat, et des portes d'acacia revêtues de bronze fermèrent le lieu saint.

Pourquoi tant d'attentions envers cette lionne ? Parce qu'une tradition affirmait que le site avait été occupé par les barbares hyksôs. Sans se préoccuper de chronologie et de faits historiques, Hatchepsout déclara qu'elle avait chassé elle-même l'envahisseur et libéré son pays, grâce à la puissance de la déesse au corps de fauve. Désormais, cette « Demeure divine de la Vallée » serait à l'abri de toute invasion semblable à celle des Hyksôs, ces « ténébreux qui ignoraient la lumière ».

Une courte mais éclairante déclaration de Hatchepsout montre à quel point un pharaon était soucieux à la fois de sa fonction et de sa dimension spirituelle : *Ma conscience songe à l'avenir ; le cœur d'un pharaon doit penser à l'éternité. J'ai glorifié Maât, Dieu en vit.*

Des obélisques et une fête de régénération

La construction du temple de Deir el-Bahari, sur la rive ouest de Thèbes, ne fit pas oublier à Hatchepsout d'embellir Karnak, le domaine d'Amon, sur la rive est. Elle y érigea notamment une admirable chapelle en blocs de quartzite rouge, appelée « Place du cœur d'Amon », et décorée de scènes rituelles fournissant quantité d'informations ; on y voit notamment Hatchepsout agir en tant que Maître d'œuvre.

L'événement majeur que la souveraine tint à commémorer, en l'illustrant par des bas-reliefs à Deir el-Bahari, fut l'érection de quatre obélisques, deux au début de son règne, et deux autres dans les années quinze et seize.

À quoi servaient ces gigantesques aiguilles de pierre ? À percer le ciel, à attirer vers le temple ses ondes positives en dissipant toute influence négative.

Extraits des carrières de granit d'Assouan où ils étaient taillés, les monolithes de Hatchepsout étaient hauts de vingt-neuf mètres et pesaient, chacun, environ trois cent cinquante tonnes ! Imagine-t-on l'exploit technique que représente le transport, effectué grâce à des chalands prévus pour de telles masses ?

Lors de l'arrivée au débarcadère de Karnak, « il y eut une fête dans le ciel, et l'Égypte fut en joie » ; des trompettistes et des joueurs de tambourin saluèrent les obélisques, rayons de lumière pétrifiés, dont les pointes furent recouvertes d'électrum, mélange d'or et d'argent.

Et Hatchepsout prononça ces paroles :

J'ai accompli cette œuvre avec un cœur aimant pour mon père Amon ; initiée à son secret de l'origine, instruite grâce à sa puissance bénéfique, je n'ai pas oublié ce qu'il avait ordonné. Ma Majesté connaît sa divinité. J'ai agi sur son ordre, c'est lui qui me guida, je n'ai pas fait le plan de l'œuvre hors de son action, c'est lui qui m'a orientée. Je ne me suis pas assoupie, car je me préoccupais de son temple ; je ne me suis pas écartée de ce qu'il avait commandé. Mon cœur était intuition devant mon père, je suis entrée dans l'intimité des plans de son cœur. Je n'ai pas tourné le dos à la cité du maître de la totalité, mais j'ai tourné mon visage vers lui. Je sais que Karnak est la lumière sur terre, le tertre vénérable de l'origine, l'œil sacré du maître de la totalité, son lieu favori qui porte sa perfection[1].

Les deux derniers obélisques de Hatchepsout furent érigés en un lieu particulier de Karnak, une salle à colonnes appelée « la verdoyante (*ouadjet*) », où fut

1. Hatchepsout s'exprime tantôt au masculin, tantôt au féminin, montrant qu'elle est homme-femme et incarne à elle seule le couple royal.

peut-être proclamée sa fête de régénération, visant à lui redonner la puissance dont elle avait besoin pour régner.

Une fin obscure

Quelle fut la durée du règne de Hatchepsout ? Une vingtaine d'années. Sur une stèle dressée dans un temple de Hathor, au Sinaï, elle apparaît en compagnie de Thoutmosis III. Ensuite, pas de témoignage archéologique ; et aucune mention du probable décès de la souveraine.

La momie de Hatchepsout fut déposée dans sa tombe de la Vallée des Rois profonde de quatre-vingt-dix-sept mètres, la première de ce site exceptionnel qu'elle avait inauguré. Suivant un parcours semi-circulaire sur une longueur d'environ cent vingt-cinq mètres, ce chemin de l'au-delà mène à un caveau, qui abritait les sarcophages de Hatchepsout et de son père, Thoutmosis Ier.

Un certain nombre de momies royales du Nouvel Empire furent retrouvées, mais l'identification récente de celle de Hatchepsout, sans preuves certaines, reste douteuse, et toute extrapolation serait donc malvenue.

Hatchepsout disparue, Thoutmosis III, reconnu pharaon depuis longtemps, assuma la continuité du pouvoir. Ni déchirure ni heurts ; l'institution pharaonique continua à fonctionner de manière normale.

Une vingtaine d'années après la mort de Hatchepsout, certaines de ses représentations et des mentions de son nom furent effacées ou martelées, mais pas toutes, loin de là. Sous le portique de Deir el-Bahari consacré au voyage vers le pays de Pount, le *ka* de la souveraine est intact.

26

UNE AMOUREUSE AUX CHARMES D'EAU

Belle, élancée, élégante, maîtrisant la magie des lotus, l'amoureuse déploie ses charmes.

(Tombe de Néfer-Hotep)

Elle est l'unique, la sans pareille, semblable à l'étoile rayonnante du Nouvel An, sa grâce étincelle, sa peau est lumineuse, son regard clair, ses lèvres douces, sa bouche est un bouton de fleur, sa chevelure du lapis-lazuli, ses seins sont des pommes d'amour, ses doigts des calices de lotus. Qu'elle est belle, cette amoureuse du Nouvel Empire, à la démarche noble, inondée de parfums, vêtue d'une robe de lin fin et transparent, laissant deviner les courbes de son corps élancé.

C'est à cette période qu'apparaissent des *Chants d'amour*, poèmes vantant la séduction des femmes, filles de la déesse Hathor, et relatant les émois et les tourments accompagnant la découverte de l'amour.

Ne l'oublions jamais, l'Égyptienne amoureuse est une magicienne qui saura prendre le cœur de son amant en choisissant des onguents et des parfums, et en l'enfermant dans le piège de ses longs cheveux odorants ; quand elle se dirige vers lui, les bras chargés de petites branches du perséa, arbre consacré à Hathor, comment pourrait-il lui résister ?

Mais elle aussi cède, avouant qu'aujourd'hui elle n'a pas posé de piège, et que l'amour qu'elle éprouve la rend captive à son tour ; plus de manœuvres de séduction, mais un sentiment partagé, qu'elle exprime avec une émouvante simplicité : « Quand mon cœur est en harmonie avec ton cœur, nous sommes proches du bonheur. » Et se prononcent alors ces petits noms affectueux qualifiant l'amoureuse de colombe, d'hirondelle, de gazelle, de petit chat[1].

L'évocation de l'amour, par les textes ou les représentations de la femme, est toujours d'une grande beauté et d'une suprême élégance ; et certains lieux sont privilégiés pour les rencontres amoureuses, surtout les jardins fleuris ; à l'ombre d'un sycomore ou d'un tamaris, près d'un grenadier ou d'un figuier, la joie d'aimer est d'une douceur extrême.

Et l'eau joue souvent un rôle décisif, d'autant que l'amoureuse en connaît les dangers, qu'écartent les formules magiques prononcées par ses lèvres ; ces « charmes d'eau » éloignent le redoutable crocodile, considéré comme un séducteur et un voleur de femmes. Aussi une délicieuse promenade en barque, au sein des papyrus et sous la protection de Hathor, peut-elle se dérouler en toute tranquillité.

Et vient le moment suprême du bain ; la belle ôte ses vêtements et, nue, se glisse dans l'onde en recommandant à son amoureux : « Viens, et regarde-moi ! » Enlacés, indifférents aux fleurs de lotus et aux poissons, ils se

1. « Ma guenon », « Ma grenouille », « Mon hippopotame », tout aussi tendres, nous paraissent plus surprenants, mais font référence à des divinités qui, notamment, assurent la fécondité.

livrent aux jeux du désir, dont l'évocation est tendre et raffinée[1].

Selon une *Clef des Songes*, rêver de faire l'amour avec son épouse est un excellent présage et annonce que quelque chose de bon sera transmis.

L'amour est merveilleux, mais ne nous berçons pas d'illusions ; selon les sages, la rouerie féminine peut être un redoutable danger. Ainsi, comme l'observe Ptah-Hotep[2] :

Si tu désires faire durer l'amitié dans une demeure où tu as tes entrées, comme frère ou comme ami, ou en tout lieu où tu as tes entrées, garde-toi de t'approcher des femmes (à les toucher). On n'est jamais trop lucide ! Des milliers d'hommes se sont laissé prendre au piège de la séduction. Pour un court instant de plaisir, semblable à un rêve, que de malheur ! Et celui qui échoue, en continuant à courtiser les femmes, échoue en tout.

Ptah-Hotep estime qu'une femme joyeuse est la garante d'un bonheur quotidien et recommande d'éviter la femme-enfant, dont les appétits sexuels ne sont

1. Nulle pruderie en Égypte ancienne, et pas de voile pour les femmes. Les paysans travaillent parfois nus dans les champs, les robes des belles sont transparentes, et les organes génitaux, tant masculins que féminins, sont aussi des hiéroglyphes. Un seul document, le papyrus érotique conservé au musée de Turin, montre des scènes crues, mais il s'agit de la description d'une « maison de bière », où des courtisanes vendent leurs services à des clients peu distingués.

2. Maxime 18.

jamais « rafraîchis » ; et le sage Ani, observateur de la société de son temps, indique qu'un homme prudent se tient à l'écart d'une femme qui, à l'endroit où il réside, n'est pas connue en bien ; précaution indispensable, car la séductrice pourrait être une eau profonde, aux remous mortels, où l'amant imprudent se noierait.

Mais nombre d'amours ne se terminaient pas de cette façon dramatique et, au contraire, aboutissaient à une union profonde et stable ; et l'Égypte pharaonique ne cessa de célébrer les vertus de l'épouse.

27

UNE ÉPOUSE POUR L'ÉTERNITÉ

Jaillissant du tronc d'un arbre, la déesse-Ciel, Nout, offre, pour l'éternité, des nourritures solides et liquides à un couple de « Justes de voix ».

(D'après Champollion)

Si le mariage n'était pas une cérémonie sacrée, le couple fut, en revanche, une valeur fondamentale de la société pharaonique, et pas seulement parce que la femme pouvait mettre au monde des enfants. C'est bien l'amour unissant un homme et une femme qui est célébré ; et quand elle accède au rang d'épouse, elle bénéficie d'un profond respect, « la compagne vénérée par son mari », « la sœur bien-aimée », « celle qui est riche de vie et apporte le bonheur ».

Depuis l'Ancien Empire, un bon mari observe les préceptes du sage Ptah-Hotep : aimer son épouse avec ardeur, assurer sa subsistance, la rendre heureuse. Et Ani insiste sur le fait de ne pas l'importuner et de la féliciter pour l'accomplissement des tâches ménagères, qui ne sont pas sans noblesse.

« C'est bon quand elle prend ta main », rappelle une maxime ; nombre de sculptures représentent un couple uni. L'épouse enlace son mari, dans un geste à la fois tendre et protecteur. Sa main, posée sur l'épaule de son compagnon, incarne la magie d'Isis et l'amour de Hathor.

Si dévaluée aujourd'hui, la notion de fidélité était essentielle aux yeux des anciens Égyptiens ; tromper l'autre, c'est mentir, et mentir, c'est trahir la loi de Maât. La parole donnée ne se reprend pas ; aussi l'adultère était-il considéré comme une faute grave. Ne parlons pas d'une éventuelle violence envers l'épouse, condamnable et sévèrement condamnée ; et rien ne justifie d'abandonner une femme stérile ou malade.

« Si tu épouses une femme, indique Ptah-Hotep, qu'elle soit joyeuse de cœur, et elle t'apportera l'équilibre[1] » ; le mari aime écouter sa femme chanter ou jouer de la musique, ils se plaisent à s'asseoir ensemble sous un palmier, dans un jardin fleuri. Ensemble, ils contemplent une table d'offrandes, garnie de nourritures à la fois célestes et terrestres.

C'est à une servante de la déesse Mout, « la Mère », que nous devons le plus beau texte égyptien concernant l'amour unissant un couple, et qu'elle fit graver sur une statue :

Nous désirons reposer ensemble, et Dieu ne nous séparera pas. Aussi vrai que tu vis, je ne t'abandonnerai pas. Nous serons assis, chaque jour, sereins, sans qu'aucun mal puisse nous atteindre. Ensemble, nous sommes allés au pays de l'éternité. Nos noms ne seront pas oubliés. Qu'il est merveilleux, le moment où l'on voit la lumière du soleil, éternellement.

1. Maxime 37.

28

QUE TA MÈRE SOIT VÉNÉRÉE

Mère parfaite, la déesse de la Cataracte allaite le pharaon, lui offrant l'énergie du Nil céleste.

(D'après Champollion)

La mère est un personnage central en Égypte ancienne. Qu'il s'agisse de Hathor, la mère céleste, d'Isis, la mère d'Horus, protecteur de l'institution pharaonique, de la Mère royale, chargée de transmettre le pouvoir et souvent de l'exercer, ou de la simple mère de famille, toutes sont vénérées et honorées.

Le scribe Ani, que d'aucuns considèrent comme un moraliste bougon, n'hésite pas à rappeler des vérités élémentaires, en exigeant un respect total envers la mère :

Rends au double le pain que ta mère t'a donné, porte-la comme elle t'a porté. Tu fus une charge pour elle, tu lui as causé de la fatigue, mais elle ne t'a pas négligé. Ses soucis ne cessèrent pas, quand tu naquis après des mois de grossesse. Elle t'a donné le sein pendant trois ans. Elle n'était pas dégoûtée par tes excréments, se préoccupant de s'occuper toujours mieux de toi. Elle t'emmena à l'école. Tu apprenais à écrire et, chaque jour, elle était auprès de toi, te préparant le pain et la bière. Souviens-toi que c'est ta mère qui t'a donné naissance et qu'elle t'a élevé avec grand soin. Prends garde à ce qu'elle ne puisse te blâmer et élever les mains vers Dieu pour se plaindre de toi[1].

Des personnages importants étaient fiers de se proclamer « Fils d'une telle », plutôt que de citer leur père, sans que l'on puisse conclure à l'existence d'un matriarcat ; il s'agissait seulement de la reconnaissance de la fonction maternelle, depuis l'acte de donner naissance jusqu'à sa protection magique, en passant par l'éducation.

Une mère égyptienne ne se séparait pas volontiers de son bébé, même si, en cas de nécessité, elle le confiait à une nourrice ; au marché, elle le portait devant elle, en bandoulière, ou sur son bras, ou bien sur le côté. Comme les autres pièces de vêtement, les bandoulières étaient en lin, et le confort du nourrisson assuré.

Tout enfant doit être protégé des démons et des maladies qui rôdent ; c'est pourquoi la mère lui place au cou une amulette, dont le coût est minime. Par exemple, une perle bleu turquoise écarte le mauvais œil.

L'éducation de la fillette n'est pas négligée ; à l'image des garçonnets, elle apprend très jeune à respecter Maât en disant la vérité, en ne proférant pas de mensonges et en ne commettant pas d'excès.

Aux yeux des Égyptiens, ce qui caractérise l'enfant, c'est l'ingratitude ; aussi est-il comparé à du bois tordu que l'artisan, en l'occurrence les éducateurs, doit savoir « travailler », pour qu'il devienne un être droit. On est loin de l'adoration de l'enfant-roi et des parents infantiles.

1. Maxime 38.

À l'école du village, les filles, comme les garçons, reçoivent une éducation élémentaire, et celles qui en auront le désir postuleront à l'« enseignement supérieur » que dispensent les temples. Et si l'on doit apprendre, on n'oublie pas de jouer et de s'amuser ; dans ce domaine, les filles ne sont pas les dernières ! Jeux de société, gymnastique, danse, natation, judo, jongleries… Le répertoire des scènes est étendu.

Si, nous l'avons constaté, toutes les activités sont accessibles aux femmes, deux sont soulignées : le tissage et la musique. La première est liée à Neit, la déesse qui « tisse » l'univers avec ses paroles ; la seconde à Hathor, souveraine des harmoniques. Et nombre d'orchestres féminins sont présents sur les parois des demeures d'éternité.

Sans une mère attentive, ni réussite ni bonheur possibles ; et filles comme garçons, conformément aux recommandations des sages, doivent reconnaître son difficile labeur, afin qu'au-delà de son trépas elle continue à rendre les divinités bienveillantes à leur égard.

29

LA REINE DES MILLIONS D'ANNÉES

S'il est un pharaon injustement méconnu, alors qu'il fut l'un des plus grands monarques égyptiens, c'est bien Thoutmosis III, dont nous avons évoqué la jeunesse, sous le règne de Hatchepsout. Choisi très jeune pour régner, il a été considéré comme le « Napoléon égyptien », parce qu'il mena un grand nombre d'expéditions militaires pour assurer la sécurité de l'Égypte. On a exagérément souligné ce caractère guerrier, car les affrontements furent rares, et la plupart de ces voyages musclés étaient plutôt des démonstrations de force et des opérations de police que des raids sanglants. De plus, le roi en profita pour étudier la faune et la flore, notamment leurs aspects extraordinaires, qu'il fit représenter sur les bas-reliefs d'une chapelle du temple de Karnak, que les égyptologues ont baptisée « Jardin botanique ».

Outre ses activités temporelles, menées au cours d'un long règne paisible et prospère, Thoutmosis III fut un grand bâtisseur, auquel on doit notamment un ensemble architectural au cœur de Karnak, l'Akh-menou, « Rayonnant de monuments », où des ritualistes furent initiés aux grands mystères. Le monarque consulta les anciens écrits, notamment les *Textes des pyramides* et, sur les parois de sa demeure d'éternité de la Vallée des Rois, se déroulent les étapes de la résurrection de l'âme royale, à travers les heures rituelles, révélées par le *Livre de la chambre cachée* (l'*Amdouat*).

La première Grande Épouse royale de Thoutmosis III, Satiâh, fut, elle aussi, une personnalité exceptionnelle[1] ; comme de coutume, aucune anecdote à son sujet, mais la mise en valeur de ce que les Égyptiens considéraient comme essentiel, à savoir son rôle rituel. Et ce dernier fut intense, car la reine, aimée de Neit, la grande déesse créatrice, dirigea nombre de cérémonies. Elle fut d'ailleurs initiée à Karnak, dans l'Akh-menou et, à la suite de sa connaissance des mystères, fut en mesure, à l'image de toute « Mère du roi » et de toute « Épouse du roi », de protéger magiquement la fonction pharaonique et d'insuffler au roi l'énergie nécessaire pour maintenir le lien vital entre les dieux et son peuple. Dans cette perspective, elle assurait l'intégrité des temples où était entretenu le *ka* royal, la puissance créatrice.

Et c'est dans l'un d'entre eux, sur le site méconnu de Tôd, non loin de Thèbes, qu'a été dressée une extraordinaire statue de Satiâh.

Au terme d'une trentaine d'années de règne, la vitalité spirituelle et physique d'un pharaon s'épuisait. Il importait donc de célébrer un rituel de régénération[2], la

1. Voir F. Maruéjol, *Thoutmosis III*, Paris, Pygmalion, 2007, p. 101-102.

2. Il ne s'agit pas d'une loi rigide, certains pharaons ayant jugé nécessaire, pour diverses raisons, de le célébrer plus tôt.

fête-*sed*[1], au cours de laquelle l'ensemble des divinités se réunissait afin de dynamiser le monarque ; à cette occasion, il portait une robe blanche très particulière, évoquant le linceul osirien et le passage par la mort pour renaître.

Et la statue de Satiâh est unique. Comme les autres reines, elle est coiffée d'une perruque hathorique, mais elle est la seule, à notre connaissance, à être vêtue de la robe blanche de fête-*sed* !

Autrement dit, la reine a vécu les mêmes rites de régénération que le roi, auxquels, en raison de sa fonction, elle participait déjà de manière active. De futures découvertes procureront-elles d'autres exemples ?

1. Le mot *sed* est sans doute lié à la queue du taureau, incarnant la puissance créatrice (*ka*). Le modèle des ensembles architecturaux dédiés à la fête-*sed* est celui de Djéser, à Saqqara.

30

QUAND DES FEMMES SE CONSACRENT AU SERVICE DES DIEUX

En compagnie de son mari, une ritualiste participe à la vénération d'Osiris.

(*Livre de sortir au jour*, chapitre 189)

Au fil de notre voyage à travers le temps, nous avons constaté l'importance de la reine d'Égypte, qui exerçait le pouvoir en compagnie du roi. Son domaine ne se limitait pas aux tâches matérielles, puisqu'elle était aussi à la tête d'institutions visant à l'accomplissement des rites.

En Égypte ancienne, en effet, la reine présidait des communautés d'initiées aux mystères révélés dans les temples, lors de cérémonies dont nous connaissons l'essentiel, grâce à des textes d'une richesse et d'une splendeur particulières ; mettant leurs pas dans les pas des divinités, ces femmes ritualistes avaient pour fonction majeure de les incarner, de faire vivre les mythes et d'attirer sur terre l'énergie céleste, concentrée dans le sanctuaire, indispensable à l'harmonie de l'État et au bien-être de la population.

Ces femmes portaient le titre de *khenerout*, que l'on traduit souvent par « recluses », bien qu'elles ne fussent pas isolées du monde. Pouvant être mariées et avoir des enfants, ces initiées appartenaient à de petites communautés.

À l'époque de Thoutmosis III, tellement attaché à la spiritualité la plus profonde, les recluses furent mises à l'honneur ; songeons, par exemple, à la dame Houy[1], qu'une statue représente assise sur un trône. Son collège de ritualistes se vouait à l'étude des mystères du Principe créateur et de la lumière divine ; lors des fêtes du ciel et de la terre, le *ka* de Houy recevait de nombreuses offrandes.

Quel était le quotidien de ces femmes ? À l'aube, elles se purifiaient dans un bassin, et l'odeur de l'encens les faisait passer du monde profane à l'univers du sacré. Ensuite, la vêture : robe longue moulante descendant aux chevilles, pagne court que retiennent des bretelles croisées sur la poitrine, ceinture, bracelets aux poignets et aux chevilles.

Puis étaient célébrés les rites d'éveil de la puissance divine ; purifiées et vêtues, les recluses se déplaçaient librement dans le temple et avaient accès aux sanctuaires les plus secrets. Héritières des initiées de « la demeure de l'acacia[2] », dont le rôle fut marquant au temps des pyramides, les ritualistes du Nouvel Empire poursuivirent la tradition en gérant les domaines qui leur étaient attribués et en participant à la résurrection d'Osiris, que Pharaon célébrait chaque matin en ouvrant les portes du naos.

La vie d'un temple égyptien – auquel n'avaient accès que des spécialistes, depuis le couple royal jusqu'aux astrologues, en passant par les ritualistes

1. British Museum, 1280.

2. Voir E. Edel, *Das Akazienhaus und seine Rolle in den Begrabnisriten des alten Ägypteus*, Berlin, B. Hessling, 1970.

chargés d'entretenir les objets – était réglée de manière rigoureuse ; sans cette centrale d'énergie, réceptacle du divin, la société se serait fracturée. Et les recluses, incarnation de la liberté des femmes désireuses de choisir leur destin, furent l'un des corps d'État qui confortaient une harmonie toujours menacée.

31

LA NIÈCE DU BARBIER

Tous les pharaons du Nouvel Empire furent obsédés par un cauchemar : l'invasion hyksôs et l'occupation qui s'ensuivit. Afin d'empêcher un nouveau désastre, Thoutmosis III prit la tête de son armée pour parcourir le couloir syro-palestinien et terrasser un nouvel ennemi venu d'Asie. Sa démarche fut couronnée de succès, mais eut pour conséquence l'arrivée en Égypte de prisonniers de guerre, condamnés à des travaux d'utilité publique.

Il faut croire que cette peine n'avait rien d'écrasant et que l'existence, en Égypte, était plutôt agréable, puisque la plupart de ces étrangers, à l'issue de cette période de probation, décidèrent de s'y établir, de respecter les valeurs de l'État pharaonique, de changer de nom et de se fondre dans la population. Ce n'était pas l'Égypte qui s'adaptait à eux, mais eux qui s'adaptaient à l'Égypte.

Néanmoins, le barbier du roi, en l'an vingt-sept de Thoutmosis III, se méfiait des étrangers. Les Syriens et les Palestiniens, il les connaissait bien pour les avoir affrontés lors d'une expédition militaire, au cours de laquelle il avait courageusement rempli ses devoirs de soldat[1] ; à l'issue d'un affrontement, un exploit fut porté à son crédit : il avait fait un prisonnier. Et Sa-Bastet, « Fils de Bastet (la déesse-Chatte) », futur barbier royal, déclara avec fierté : « Je l'ai capturé de ma propre main, alors que j'accompagnais Pharaon ; et ce prisonnier ne fut ni frappé ni emprisonné. »

Qu'est-il arrivé à ce captif privilégié ? Il devint le serviteur – et non l'esclave – de l'heureux soldat, lequel accéda à une fonction importante. Raser le roi et de hauts personnages de l'État, ce n'était pas rien ! Un poste pareil procurait aisance et considération ; aussi Sa-Bastet espérait-il pour sa nièce Ta-Kaménet un mariage brillant, peut-être même avec un dignitaire de la cour.

Mais un incident inattendu se produisit ; sans ambages, cette nièce lui déclara qu'elle était tombée amoureuse de ce serviteur étranger et qu'elle voulait vivre avec lui ! Certes, il avait abandonné son nom et pris celui d'Améniou, en hommage au dieu Amon, mais n'avait ni fortune ni grand avenir. On imagine la déception et l'inquiétude du barbier qui, en vain, tenta de persuader sa nièce de renoncer à ce projet déplorable.

Mais nous étions en Égypte, et une femme épousait la personne de son choix ; dépité ou non, Sa-Bastet était contraint de s'incliner. Cependant, il aimait tellement cette nièce qu'il décida de contribuer à son bonheur de manière décisive ; puisque le serviteur Améniou ne possédait rien, une seule solution : le rendre riche.

---

1. Pour ce chapitre, voir *Urkunden* IV, 1369, 4-16.

Aussi le barbier convoqua-t-il un scribe et des témoins afin de lui offrir très officiellement, et sans contestation possible, une partie de ses biens.

Ce jour-là, Améniou ne regretta pas d'avoir été fait prisonnier ! Et son nouveau nom avait débouché sur une nouvelle vie, grâce à une femme qui exerçait ses droits et jouissait d'une liberté qui n'existait ni en Syrie ni en Palestine. Et le barbier, avec dignité, put affirmer : « J'ai donné Ta-Kaménet pour épouse à Améniou, et il quitte ma maison, sans être privé de quoi que ce soit. » Cette union se montrant solide, Sa-Bastet conçut même le projet de transmettre sa charge éminente à l'homme que sa nièce, grâce à sa détermination, avait rendu riche et heureux.

32

QUE LES FEMMES SAGES NOUS PROTÈGENT

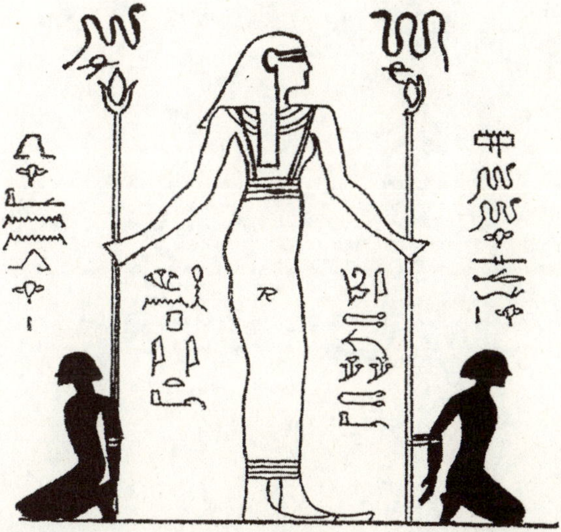

La Femme sage réduit les forces du mal à l'impuissance.

Le village de Deir el-Médineh, sur la rive occidentale de Thèbes, abritait les artisans chargés de creuser et de décorer les tombes de la Vallée des Rois. Ils vivaient là avec leur famille, et bénéficiaient des services d'une « Femme sage », une « Connaissante », à la fois voyante et thérapeute, dont la présence est également attestée dans d'autres villages[1].

Capable d'éclairer les ténèbres et de distinguer la vérité du mensonge, cette Femme sage, gardienne des traditions, connaissait les mythes fondateurs et les transmettait de façon orale. Et bien d'autres tâches lui étaient dévolues.

À elle de choisir le nom de l'enfant, en fonction des caractéristiques qu'elle ressentait ; acte essentiel, car le nom était un élément majeur de l'être, appelé à survivre dans l'autre monde, si le tribunal d'Osiris rendait un jugement favorable.

Ce monde-ci étant empli de dangers, la Femme sage ne chômait pas, et ses consultations étaient nombreuses.

---

1. Voir D. Karl, *SAK* 28, 2000, p. 131-160. Cette personne sage et bienfaisante se nommait *ta rekhet*, « la Connaissante ».

Son premier devoir, lorsqu'elle recevait un patient : dresser son bilan de santé physique et psychique, savoir si les énergies positives l'emportaient sur les négatives, et combattre ces dernières[1].

La guérisseuse s'assurait qu'aucune divinité du Nord et du Sud n'était défavorable à sa patiente ou à son patient ; assurée de leur concours, elle pouvait alors lutter contre ce qu'on appelait des « démons », à savoir tous les agresseurs et les destructeurs, de quelque nature qu'ils fussent, depuis l'émissaire d'une maladie jusqu'à un individu malveillant.

Afin d'éviter quantité de malheurs, la magicienne recommandait le port d'une amulette et d'un petit papyrus, roulé et scellé, contenant des formules efficaces contre le mauvais sort ; instruite des paroles de puissance prononcées par les divinités, la Femme sage les utilisait à bon escient. Guérisseuse, elle précédait l'éventuel intervention d'un médecin et la complétait ; grâce à elle, quantité de problèmes de santé étaient résolus.

Deux dangers menaçaient quotidiennement les anciens Égyptiens : les scorpions et les serpents, répertoriés avec soin dans des manuels décrivant l'action du venin, qui n'était pas toujours mortel. Tenant sa science de la déesse Isis, capable de maîtriser les scorpions, la Femme sage intervenait, de manière à la fois thérapeutique et magique, en cas de piqûre ou de morsure. Et bien des villageois lui durent la vie sauve.

La guérisseuse soignait les animaux, chiens et chats présents dans la plupart des familles, mais aussi les

1. Voir *KMT* 4/2, 1993, p. 25.

singes domestiques, les ânes et le bétail ; elle appelait la protection d'un bon cobra femelle[1], qui rendait les moissons abondantes.

Et lorsqu'on partait en voyage, on avertissait la Femme sage afin qu'elle évite tout ennui ; on la priait aussi de retrouver un objet perdu.

À l'énoncé de ces multiples tâches, aussi variées qu'utiles, on constate que la Femme sage était un personnage central de la vie d'un village, laquelle ne se résumait pas aux seuls aspects matériels ; par son intermédiaire, il se liait à la sphère des divinités.

---

1. La déesse Renenoutet.

33

UN LAC POUR UNE REINE

Des yeux étroits et intenses qui vous scrutent en profondeur, des pommettes saillantes, un menton petit et pointu, une détermination affirmée et l'expression d'une légitime supériorité, à travers un caractère loin d'être commode : telle nous apparaît la reine Tiyi[1], épouse d'Amenhotep III et l'une des plus grandes souveraines du Nouvel Empire.

Cette femme, appelée à un destin remarquable, n'appartenait pas à la famille royale ; ses parents étaient des

1. D'après deux têtes de petite taille, l'une en stéatite, pierre verte, découverte sur le site de Sérabit el-Khadim, au Sinaï (7 cm de haut, 5 de large), l'autre provenant de Médinet Gourob, dans le Fayoum (en bois d'if, de 11 cm), conservée au musée de Berlin. Grâce à une radiographie (D. Wildung, *BSFE* 125, 1992, p. 15-28), on a constaté que sous la coiffe, ornée de perles bleues, se dissimulaient plusieurs symboles royaux qui caractérisaient Tiyi comme reine et déesse (couronne hathorique, uræus en or, boucles d'oreilles en or). Pourquoi ces modifications ? Peut-être parce que la reine, après la mort de son mari, n'occupait plus le sommet du pouvoir, tout en demeurant très influente. D'aucuns notent une expression désabusée, comme si le temps du bonheur était passé.

notables de la ville d'Akhmim, en Moyenne-Égypte. Son père, Youya, était serviteur du dieu Min – garant de la fécondité –, intendant des écuries et lieutenant de la charrerie ; sa mère, Touya, était supérieure d'une institution à la fois religieuse et économique, placée sous la protection du même dieu Min. Sans doute le couple était-il proche du pouvoir central, car il bénéficia d'un rare privilège : une tombe dans la Vallée des Rois[1]. Les momies de Youya et de Touya sont dans un état de conservation remarquable, et leur mobilier dit « funéraire », qui préfigure celui de Tout-Ânkh-Amon, est superbe.

Un mariage médiatisé

Le règne d'Amenhotep III devait durer trente-huit ans[2], être paisible, et connaître à la fois richesse et splendeur ; il verra, notamment, la construction du temple de Louxor, dû aux Maîtres d'œuvre Hor et Souti, portant le nom de deux divinités ; et la figure d'un sage, Amenhotep fils de Hapou, vénéré longtemps après sa mort, marquera le gouvernement éclairé d'une Égypte rayonnante, à l'apogée de sa puissance et aux frontières bien établies.

La première décision d'Amenhotep III fut le choix d'une Grande Épouse royale, Tiyi. Fait rare, il tint à le faire savoir en utilisant un mode d'information efficace : une production de plusieurs scarabées en faïence, de grande taille, qui furent envoyés dans

1. KV 46.
2. Vers 1390-1352.

toutes les provinces d'Égypte et aux souverains des pays étrangers.

Que nous apprend le texte inscrit sur ces scarabées, symboles des heureuses métamorphoses ? Que Pharaon s'est uni à une Grande Épouse royale, nommée Tiyi ; « Puisse-t-elle vivre ! » lui souhaite-t-on. Il est précisé que son père est Youya et sa mère Touya, hommage insistant aux parents de la nouvelle reine. Bien entendu, le roi proclame ses cinq noms rituels, dont celui de « Taureau puissant qui se lève en gloire grâce à la Règle (Maât) », et rappelle qu'il exerce un pouvoir très ferme sur un vaste territoire, allant de Karoy, au Soudan, jusqu'au Naharina, en Asie.

Le message est clair : un nouveau couple royal, à l'autorité indiscutable, est solidement installé sur « le trône des vivants » ; et Tiyi effectue une entrée fracassante dans l'histoire des dynasties.

Et Tiyi présida à la Haute et à la Basse-Égypte

Nous savons déjà que l'entité symbolique appelée « Pharaon » est formée d'un couple royal ; Amenhotep III et Tiyi soulignèrent ce point essentiel. Nombre de documents officiels se concluent par la mention « Sous la majesté du roi Amenhotep III *et* de la Grande Épouse Tiyi », reconnue comme celle qui gouverne les Deux Terres, associée à tous les actes majeurs du règne.

Et ce n'est pas seulement la dimension politique de la reine qui est en jeu ; en réalité, son pouvoir temporel découle de sa dimension spirituelle et symbolique, à savoir qu'elle est « semblable à Maât, suivant la lumière divine (Râ), et se trouvant ainsi dans la suite de Pharaon[1] ». Autrement dit, la reine incarne sur terre la Règle d'harmonie, clef d'un gouvernement juste et stable.

Elle est aussi l'incarnation de Hathor, déesse du Ciel, de l'Amour et de la Joie, et assure la protection magique du roi, comme le montrent les admirables bas-reliefs de la tombe thébaine de Khérouef, où le couple royal et son fils – le futur Akhénaton – assistent à des réjouissances célébrées en leur honneur. Il ne s'agit pas de banales mondanités, mais d'une fête de régénération de la puissance royale exprimée à travers le couple[2].

À trois reprises, pendant les années trente, trente-quatre et trente-sept de son règne, Amenhotep III vécut les rites de régénération de la fête-*sed*, au cours de laquelle la reine Tiyi joua un rôle rituel prépondérant ; un site particulier, près du palais royal de Malgatta, sur la rive ouest de Thèbes, avait été aménagé, pour y rassembler dieux et déesses. Et le couple royal proclama son union d'une manière monumentale, en érigeant un temple dans la lointaine Nubie, à Soleb, près de la troisième cataracte du Nil. Le roi et son épouse y célèbrent une fête de régénération pour des millions d'années, alors que le *ka* de la reine est vénéré non loin de là,

1. D'après la tombe thébaine (n° 192) de Khérouef.

2. Initiée aux mystères de Hathor, Tiyi est coiffée d'une couronne d'uræus que surmontent deux plumes – symbolisant l'air vital et le feu créateur – et le disque solaire. Elle préside à l'un des épisodes majeurs des rites osiriens, le redressement du pilier *djed*, « Stabilité », équivalant à la résurrection d'Osiris.

à Sedeinga, dans un sanctuaire consacré à sa mémoire, en tant que servante de Hathor.

De la Maison de la Reine à son lac de plaisance

Tiyi disposait des moyens de ses ambitions, à savoir un ensemble de services administratifs qu'elle contrôlait, regroupés dans la Maison de la Reine, laquelle participait à la gestion de l'État pharaonique. Les principaux corps de hauts fonctionnaires se trouvaient à Thèbes, cité sacrée d'Amon et capitale des Deux Terres, qui se développa et s'enrichit sous le règne d'Amenhotep III et de Tiyi. Cette Maison de la Reine comprenait des bureaux où officiaient des scribes versés dans diverses spécialités, de la comptabilité aux langues étrangères, mais aussi des ateliers de tissage, de menuiserie et de sculpture, des laboratoires, des boulangeries, des brasseries, sans oublier une école.

Les journées de la reine, comme celles du roi, étaient bien remplies : accomplissement des rituels, gestion de sa Maison, réceptions officielles. Et chacun, à commencer par le pharaon, reconnaissait à Tiyi tant de qualités qu'elle bénéficia d'un cadeau exceptionnel, commémoré par la diffusion de scarabées en pierre sur lesquels figuraient des textes qui décrivent l'événement.

L'an onze du règne, le premier jour du troisième mois de la première saison (*akhet*), soit vers la fin de septembre, fut inauguré un lac artificiel en l'honneur de la reine. Et les dimensions sont impressionnantes : trois mille sept cents coudées de long, sept cents de large, près de deux kilomètres sur trois cent soixante-cinq mètres ! Un tel cadeau, en effet, ne pouvait passer inaperçu.

L'emplacement du lac ? Le site de Djaroukha, au nord de la ville d'Akhmim, d'où étaient originaires les parents de Tiyi. Comme il se devait, la reine vogua sur cette étendue d'eau, qui servirait ensuite de bassin d'irrigation pour les cultures voisines. Et le nom de la barque, *Aton rayonne*, mérite notre attention. Aton, le disque solaire que vénéra Akhénaton, est déjà présent à la cour royale, sans provoquer encore de conflit.

La reine veuve

Il faut le répéter inlassablement, en espérant que l'égyptologie tiendra un jour compte de cette réalité : les expressions « Fils royal » (et même « Fils royal de son corps ») et « Fille royale » sont des titres et des fonctions rituelles ; impossible de savoir si ceux et celles qui les portent appartiennent réellement à la famille royale ou sont des dignitaires appelés à la cour.

C'est pourquoi nous ignorons le nombre d'enfants que mit au monde Tiyi ; certainement le futur Akhénaton et probablement deux filles, mais sans certitude absolue ; et tous les arbres généalogiques présentés comme des vérités scientifiques doivent être considérés comme de simples hypothèses.

Un fait établi : le décès d'Amenhotep III, que la reine annonça par un scarabée, « pour son frère bien-aimé, le pharaon ». Après un règne si long et si brillant, qui lui succéderait ? Pourquoi pas Tiyi elle-même ?

Elle en décida autrement. Peut-être son fils aîné avait-il disparu ; le cadet, un jeune homme passionné par l'étude des textes religieux, devint le quatrième des Amenhotep ; il épousa une fort belle femme, Néfertiti, qui n'appartenait pas à la famille royale et, en l'an quatre de son règne, prit une décision aussi stupéfiante que radicale : changer de nom pour devenir Akhénaton, « Celui qui est utile à Aton », et créer une nouvelle capitale, loin de Thèbes et des prêtres d'Amon qu'il haïssait.

Tiyi assista à cette révolution sans y participer directement et sans s'y opposer ; elle survécut au moins douze ans à son mari et, dans l'ombre, demeura très active, notamment dans le champ de la diplomatie, comme nous le verrons au chapitre suivant.

34

NÉFERTITI, LA RUPTURE

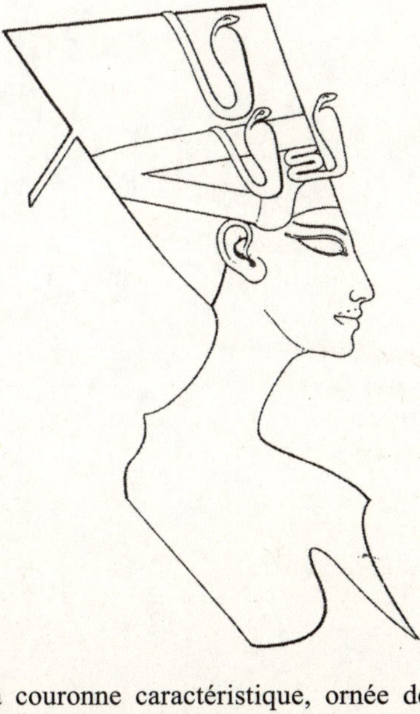

Coiffée de sa couronne caractéristique, ornée de trois uræus, Néfertiti affirme sa stature de Pharaon.

(Portrait d'après une scène
où Néfertiti apparaît à la fenêtre de son palais)

Un nom et deux célèbres portraits découverts l'un et l'autre sur le site d'Amarna, où avait été édifiée à une vitesse record la Cité du Soleil, la nouvelle capitale de Néfertiti et d'Akhénaton. Le premier, exhumé pendant la campagne de fouilles de 1932-1933, est une tête sculptée, exposée au musée du Caire ; le second, mondialement connu, avait été ramené au jour en 1912 par Ludwig Borchardt, à un endroit bien particulier de la ville rasée par les successeurs d'Akhénaton : l'atelier de Thoutmès, un maître sculpteur travaillant pour la cour. Ce buste de calcaire peint est aujourd'hui la star du Neues Museum de Berlin.

Conditions incertaines de la trouvaille, comportement bizarre de l'archéologue, authenticité de l'œuvre discutée… Le fameux buste de Néfertiti n'a pas fini de susciter des controverses.

Et chacun de prononcer le mot « beauté » ; cette reine-là n'est-elle pas l'incarnation de la beauté absolue, qu'a immortalisée Thoutmès ? Difficile de prétendre le contraire, surtout lorsqu'on contemple Néfertiti de profil ; en revanche, de face, l'impression est différente[1]. Ce n'est pas une jeune fille douce et romantique qui est représentée, mais une femme de pouvoir, au fort caractère, déterminée et volontaire. Ni tendresse ni faiblesse, mais un intense sentiment de supériorité, et une autorité implacable.

Et tel fut le comportement de Néfertiti, dont le règne marqua une rupture avec la tradition égyptienne et les dynasties précédentes. Une rupture si profonde que, malgré le retour à la normale, grâce à Tout-Ânkh-Amon, le fossé ne sera jamais totalement comblé. Avec le développement exacerbé de la mystique et de la piété personnelle, l'institution pharaonique, sa symbolique et sa spiritualité furent gravement atteintes. Une brèche fut ouverte, menant aux monothéismes, aux intolérances et aux fanatismes.

Qui était Néfertiti ?

Les éléments d'information sont minces. Elle était, semble-t-il, issue d'une famille de notables provinciaux ; sa nourrice s'appelait Tiyi, comme l'épouse d'Amenhotep III. Son mari était probablement un dignitaire, Ay, éminence grise sous le règne d'Akhénaton ; âgé, il deviendra pharaon à la mort de Tout-Ânkh-Amon.

Néfertiti est le nom donné à la jeune reine qu'épousa Akhénaton ; il signifie « La Belle est venue », une allusion à un épisode marquant de la mythologie de la

1. Sur la couverture de mon roman *Néfertiti, l'Ombre du Soleil*, j'ai fait restituer l'œil manquant, de sorte que nous puissions contempler le visage complet de la reine.

déesse Hathor. Indispensable à l'harmonie du pays, elle l'avait néanmoins quitté pour se rendre dans l'aride Nubie. Là, elle s'était transformée en Sekhmet, lionne terrifiante, décidée à détruire l'humanité. Grâce, notamment, à l'intervention de Thot, dieu de la Connaissance, Sekhmet fut apaisée et redevint Hathor, douce et bénéfique, ce qui se traduisit par le retour en Égypte de « la déesse lointaine ». « La Belle est venue », c'est Hathor de retour, garante de la prospérité.

Le nom « Néfertiti » est donc, à lui seul, un programme théologique et politique ; dès son mariage avec le nouveau roi, elle s'affirme comme la représentante des déesses Hathor et Maât, l'Amour et la Règle, sans lesquelles le souverain ne pourrait pas gouverner. Formant une entité indissociable, les noms du roi et de la reine sont souvent associés, et c'est bien le couple qui assume le pouvoir.

Claire de visage, joyeusement ornée de la double plume, souveraine du bonheur, dotée de toutes les vertus, à la voix de qui on se réjouit, dame de grâce, grande d'amour, dont les sentiments réjouissent le seigneur des deux pays : telle est la description de Néfertiti qu'offre l'une des stèles-frontières de la nouvelle capitale ; mais cette description-là, d'ordre rituel, correspond à toutes les reines d'Égypte.

Une famille qui s'exhibe

Une nouvelle capitale, un nouveau dieu suprême, le disque solaire Aton, qui évince les autres divinités, de nouveaux temples à ciel ouvert, un nouveau culte fondé sur une débauche d'offrandes : les bouleversements ne s'arrêtent pas là. Néfertiti se met en scène, telle une véritable star, qui attire tous les regards. Chaque matin, elle parcourt une grande allée, en compagnie du roi, sur un char de parade ; et elle n'hésite pas à l'embrasser en public, geste impensable auparavant.

Mère de six filles, Néfertiti est la génitrice par excellence, et sa famille est placée sous les rayons d'Aton ; image du bonheur parfait, elle garantit celui du peuple, et c'est pourquoi des scènes d'intimité familiale, jamais évoquées sous les dynasties précédentes, sont si présentes dans la Cité du Soleil. Néfertiti allaite l'une de ses fillettes, une autre lui caresse le menton, la reine s'assied sur les genoux du roi et tient ses enfants sur les siens.

Nous voilà à mille coudées de la dignité et de la noblesse des époques antérieures ; sous l'influence déterminante de Néfertiti, la famille royale dévoile son humanité et son quotidien, en affirmant haut et fort que ce bonheur absolu est une bénédiction d'Aton, avec lequel le couple est le seul à être en contact direct.

« Parfaite est la perfection d'Aton » est l'un des qualificatifs de la reine qui, chaque matin, inaugure le rite d'offrandes au soleil, dont les rayons inondent le temple. Plus de sanctuaire secret où l'on éveille, avec précaution, la puissance divine ; la lumière est destinée au peuple entier, elle se diffuse partout. Quand le soleil apparaît, c'est la vie ; quand il disparaît, c'est la mort. Akhénaton et Néfertiti sont unis dans un élan à la fois mystique et radical, et le roi compose des poèmes à la gloire de ce dieu qui doit éclipser tous les autres ; il dispense à ses proches un enseignement, dont on trouve des échos sur les parois des tombes réservées aux dignitaires de la nouvelle capitale. Élevée au rang de déesse, Néfertiti était présente au cœur du grand temple d'Aton, sous la forme de statues auxquelles les fidèles adressaient des prières.

Une reine-Pharaon ?

À la lueur de la documentation, il est plus que probable que Néfertiti fut l'animatrice, sinon l'inspiratrice, de la révolution atonienne. À l'image de Tiyi, elle participe à tous les actes majeurs du règne, et va même plus loin que la reine mère, en se comportant comme un pharaon, ce qui a entraîné certains égyptologues à supposer qu'elle aurait régné seule pendant une brève période.

Par exemple, la belle Néfertiti se déplace seule en char, équipée d'arcs et de flèches, pour se rendre du palais de nuit au grand temple d'Aton ; et elle adopte une attitude typiquement pharaonique quand, à bord d'une barque royale, elle agrippe un ennemi par les cheveux et lui fracasse le crâne d'un coup de massue[1]. Depuis les origines, ce geste symbolise la victoire du pharaon sur les ténèbres.

Et c'est Néfertiti, seule, qui se montre à la « fenêtre d'apparition » du palais pour remettre une prestigieuse décoration, un collier d'or, à une femme[2]. D'autres détails tendent à prouver que le costume de reine était

1. Scène représentée sur un bloc conservé au Museum of Fine Arts de Boston ; un autre bloc, provenant d'Amarna et retrouvé à Karnak, évoque la même thématique.

2. La dame Meretrê.

trop étroit pour cette femme de pouvoir, et qu'elle ne fut pas une « charmante épouse », effacée et discrète.

La dernière apparition de Tiyi

Quel sort fut réservé à la reine mère, vivant symbole de l'époque où Thèbes, vénérant le dieu Amon, était la capitale des Deux Terres ? Elle ne fut ni persécutée ni rejetée ; son fils Akhénaton lui réserva un palais dans la Cité du Soleil, cette « contrée de lumière d'Aton », peuplée de belles villas, de jardins et de plans d'eau ; un intendant fut nommé pour gérer le domaine de la vieille dame qui, cependant, ne semble pas avoir répondu à l'invitation de son fils, sauf en l'an douze du règne.

Si la famille royale accueillit chaleureusement Tiyi et « médiatisa » cette visite, c'est parce que la reine mère, dans l'ombre, jouait encore un rôle important. Sa présence rassurante, à Thèbes, évita bien des troubles ; et surtout, elle demeurait *la* spécialiste des affaires diplomatiques, gardant des contacts avec des souverains étrangers, alors que d'inquiétantes tensions commençaient à poindre.

D'après des archives provenant du ministère des Affaires étrangères d'Amarna, Tiyi, « Maîtresse de l'Égypte », était la seule à connaître certains secrets d'État ; et c'était avec elle que l'on voulait discuter, et avec personne d'autre, au point qu'elle dut servir d'intermédiaire entre des monarques, plus ou moins inquiets de la situation en Égypte, et le pharaon. Le roi du Mitanni, par exemple, conseille sans détour à Akhénaton de consulter sa mère pour être correctement informé !

Tiyi avait beaucoup œuvré pour la paix, en scellant plusieurs mariages, qualifiés de « diplomatiques », avec Amenhotep III ; en épousant des filles de souverains étrangers, il nouait des alliances et calmait les ardeurs belliqueuses d'éventuels envahisseurs. Politique poursuivie sous Akhénaton, et l'on soupçonne que c'est Tiyi qui « arrangea » le mariage diplomatique de son fils avec la fille du roi du Mitanni, pays clef pour la défense de l'Égypte[1].

Le dernier repas officiel de Tiyi, évoqué dans la tombe d'un dignitaire nommé Houy, offre une scène singulière. Alors que Néfertiti et Akhénaton, conformément à la nouvelle idéologie, se comportent de façon aussi humaine que possible en mastiquant de la viande, Tiyi se contente de mimer l'acte de manger. Choquée par l'attitude du couple royal, la reine mère ne consentit pas à ce qu'on la représentât de manière si triviale. Décidément, la nouvelle religion s'accompagnait d'une désolante perte de dignité.

Après cette date, l'an douze d'Akhénaton et de Néfertiti, Tiyi disparaît. Où fut-elle inhumée ? Sans doute dans la Cité du Soleil, dans le tombeau que Néfertiti et Akhénaton avaient fait creuser pour la famille royale. Ensuite, le destin de la momie de cette grande reine s'obscurcit ; après la fin du règne, elle fut ramenée à Thèbes et, selon une hypothèse plausible, déposée au côté de son époux, Amenhotep III,

1. Elle prit le nom de Kiya, fut choyée à Amarna, et peut-être renvoyée dans son pays lors des troubles de la fin du règne.

dans une branche de la Vallée des Rois, un lieu isolé, au cœur d'une montagne écrasée de soleil.

À ce jour, sa momie n'a pas été identifiée ; rappelons que Tiyi ne fut pas oubliée, et que l'on voua longtemps un culte à sa mémoire.

Et l'utopie de Néfertiti se brisa…

L'an douze marque l'apogée de l'utopie atonienne. La paix, consolidée par les pharaons du Nouvel Empire, est menacée ; probablement à l'instigation de la reine Tiyi, Akhénaton et Néfertiti décident d'organiser, dans leur capitale, une réunion d'ambassadeurs pour afficher la solidité du trône d'Égypte.

Il est de bon ton, aujourd'hui, de vanter la realpolitik du couple régnant, qui aurait bien perçu la montée de la puissance hittite, et n'aurait pu s'opposer au dynamisme guerrier des anciens Turcs en raison de circonstances malencontreuses.

En comparaison de l'attitude future d'un Séthi Ier et d'un Ramsès II, force est de constater qu'Akhénaton est plutôt indécis et facile à berner, par des informateurs à la solde de l'ennemi. Certes, la grande réunion des ambassadeurs de l'an douze, en présence d'un couple royal triomphant, s'annonce comme un succès ; les souverains étrangers n'envoient-ils pas à leurs homologues égyptiens quantité de cadeaux somptueux ?

L'un d'eux n'était pas prévu : une maladie infectieuse – pas forcément la peste, comme on l'avance sans preuves – est transmise à la population locale par un ou plusieurs ambassadeurs.

Et la famille royale ne sera pas épargnée. La deuxième fille du couple succombe, et c'est l'effarement. Comment Aton a-t-il pu infliger la mort, lui qui ne donne que la vie ? Les scènes de la tombe royale montrent Néfertiti et Akhénaton en pleurs, une attitude très humaine et très temporelle qu'aucun de leurs prédécesseurs n'avait adoptée. En Égypte ancienne, la mort n'est pas une fin, mais un passage, du moins pour les « Justes de voix ».

Avec la disparition de Tiyi et celle de cette adolescente, tout s'effondre. Pourquoi ? Parce que Néfertiti et Akhénaton, entièrement voués au culte du soleil, avaient supprimé les rites osiriens, ceux de la résurrection. Plus de déesses autour d'un sarcophage, seulement Néfertiti ! Mais puisque le jour est la vie et la nuit la mort, puisque les mystères osiriens ne sont pas célébrés dans la Cité du Soleil, un enfant mort est un enfant mort, et l'utopie se brise.

On a beaucoup écrit, et l'on écrira encore beaucoup, sur la fin de ce règne, et l'imagination des égyptologues est parfois sans limites. Les documents sont rares et confus et, à moins d'une découverte toujours possible, nous en sommes réduits à des conjectures.

Il est admis que Néfertiti mourut avant Akhénaton ; en fait, nous n'en savons rien. S'éteignit-elle dans un sanctuaire qui lui était réservé, l'Ombre du Soleil ? Akhénaton mourut-il en l'an dix-sept de son règne ? Où inhuma-t-on Néfertiti ? Sa momie a-t-elle été rapatriée dans la nécropole thébaine ? Sa tombe reste-t-elle à découvrir ? Autant de questions sans réponse.

Seule certitude : Néfertiti est la reine de la rupture ; et son règne marque la première mort de l'Égypte pharaonique. Grâce à Tout-Ânkh-Amon et à Horemheb, scribe royal et futur monarque, s'affirma un retour aux valeurs fondamentales qui avaient créé cette civilisation ; mais le ver était dans le fruit, et même s'il mit plusieurs siècles à le pourrir, les temps à venir ne ressembleraient plus aux âges d'or des dynasties précédentes.

35

ET LES REINES EURENT LEUR VALLÉE

C'est à la reine-Pharaon, Hatchepsout, que l'on doit le choix de la Vallée des Rois comme demeure d'éternité des pharaons du Nouvel Empire, de certains de leurs dignitaires, et de leurs animaux préférés ; et c'est une autre reine, Sat-Râ, « Fille de la lumière divine », qui inaugura une nouvelle nécropole de la rive ouest de Thèbes, connue sous le nom moderne de « Vallée des Reines », alors que son nom ancien était « la Place de la régénération en esprit[1] ».

Qui était Sat-Râ ? La Grande Épouse royale du premier des Ramsès, une lignée qui comprit onze monarques ; sans doute fut-elle la mère de Séthi Ier et la grand-mère de Ramsès II. Quant à son mari, c'était un homme âgé quand il fut appelé à gouverner les Deux Terres.

---

1. Autres traductions, non exclusives les unes des autres : « Place de la perfection », « Place de la beauté parfaite », « Place des enfants royaux ». Voir C. Leblanc, *Ta Set Neferou. Une nécropole de Thèbes-Ouest et son histoire*, I, Le Caire, 1989 ; « La Vallée des Reines », *Les Dossiers d'Archéologie*, Dijon, 1992.

Avec l'époque ramesside s'ouvre un nouveau chapitre de l'histoire égyptienne ; la parenthèse « atonienne » a été refermée, Horemheb a rétabli les anciennes coutumes et redonné à Thèbes sa place d'antan. Mais le monde extérieur a changé, et redevient menaçant. En se rattachant à Râ, la lumière divine, la nouvelle lignée se réclame d'une puissance créatrice magnifiée au temps des pyramides.

Ramsès Ier régna peu de temps, mais sa tombe de la Vallée des Rois, de taille modeste, est une petite merveille aux couleurs enchanteresses ; et son épouse prit une décision remarquable en inaugurant un nouveau site, cette Vallée des Reines, si différente de celle des Rois. Cette dernière est un site clos, au sein de falaises inhospitalières ; la première, en revanche, est un vallon ouvert, le plus au sud de la montagne de la rive ouest.

Là avaient été inhumés, dans des sépultures modestes, des dignitaires ; Sat-Râ estima que l'endroit convenait à une reine. Petite, sa dernière demeure n'en est pas moins pourvue de scènes et de textes qui permettent à son âme de ressusciter. Et les Grandes Épouses royales de la XIXe et de la XXe dynasties adoptèrent, à sa suite, cette vallée désertique comme ultime point de contact avec les dieux.

Elles ne furent pas les seules puisque, sous le règne de Ramsès III, des princes y reposèrent ; les couleurs de leurs tombeaux ont été préservées, et sont dignes de ceux de la Vallée des Rois. Ni anecdote ni détail historique : la totalité des scènes est consacrée au franchissement des portes de l'au-delà, au voyage vers l'éternité et à la communion avec les divinités.

La Vallée des Reines a beaucoup souffert ; facile d'accès, elle fut la victime de pillages et de dégradations dues, notamment, aux chrétiens horrifiés par les représentations de déesses et de reines, ces femmes trop belles qui incarnaient le mal et la tentation. Deux solutions : soit les détruire, soit les recouvrir d'un enduit pour ne plus les voir. Et c'est ainsi que, parfois, un simple nettoyage redonne vie à des figures oubliées. Malheureusement, les Arabes brûlèrent nombre de momies, et des parois entières, peintes et sculptées, furent à jamais anéanties.

C'est en 1903 que l'Italien Ernesto Schiaparelli entreprit une vaste campagne de fouilles, qui lui permit de déceler soixante-dix-neuf tombes, parmi lesquelles l'un des chefs-d'œuvre de l'art égyptien, celle de Néfertari, Grande Épouse royale de Ramsès II.

Les investigations ne sont pas achevées ; certaines reines manquent encore à l'appel, alors qu'il est certain que leurs demeures d'éternité ont été creusées sur ce site.

36

UNE REINE COLOSSALE

Coiffée de la double couronne, l'uræus au front, tenant le sceptre symbolisant la croissance et la « clef de vie », la reine incarne sur terre la puissance de la Mère céleste.

(D'après Champollion)

Au Vatican, il se produit parfois des miracles, comme l'existence d'un superbe musée d'égyptologie, qui contient des merveilles ; parmi elles, un colosse de pierre de trois mètres de haut. Le Nouvel Empire est l'ère des statues géantes, lesquelles ne sont pas réservées aux pharaons[1] ; et ce colosse-là est celui d'une reine, Touy, à la très forte personnalité. Il faut dire que les deux hommes de sa vie, son mari, Séthi Ier, et son fils, Ramsès II, furent des pharaons « colossaux », et qu'il fallait à leurs côtés une souveraine de la trempe de Touy[2].

Comme souvent, on ne sait rien de sa biographie profane ; l'important est qu'elle se nomme Mout-Touy, se plaçant ainsi sous la protection de la grande déesse de Thèbes, l'épouse d'Amon. Le mot *mout* signifie

1. Parmi les géantes de pierre, citons la colossale Néfertari d'Abou Simbel et la « Fille royale » de Ramsès II, Mérit-Amon ; son colosse, retrouvé à Akhmim, était haut de huit mètres et ne pesait pas moins de quarante tonnes.

2. Voir L. Habachi, *RdE* 21, 1969, p. 27-47.

« mère », mais aussi « mort » ; Grande Mère donnant la vie à tous les êtres, Mout pouvait se transformer en lionne redoutable, et brûler dans ses chaudrons les ennemis de la lumière. À Karnak, un temple exceptionnel, peuplé de femmes à tête de lionne, lui était dédié.

Le règne de Séthi Ier fut exceptionnel. En seulement treize années[1], il devint l'un des plus grands bâtisseurs de l'Égypte ancienne, nous léguant notamment le grand temple d'Osiris et son cénotaphe à Abydos, un « temple des millions d'années » à Gournah, sur la rive ouest de Thèbes, et la plus grande tombe de la Vallée des Rois, au décor d'une richesse symbolique inépuisable.

Exposée au musée du Caire, sa momie est fort bien conservée ; et l'on peut contempler le visage serein du monarque qui osa prendre le nom de Seth, l'assassin d'Osiris ! Pourquoi ce choix ? Parce que le successeur du premier des Ramsès se trouvait confronté à une sérieuse menace : l'invasion programmée par les guerriers hittites. Le roi avait besoin de la force de Seth qui n'est pas qu'un dieu négatif et perturbateur ; la puissance dont il dispose est celle de l'orage. Et c'est lui qui, au cœur des ténèbres, se tient à la proue de la barque solaire transportant l'âme de Pharaon, et terrasse le dragon qui tente de la détruire.

La force de Seth s'exerça dans le spirituel et le temporel. Le spirituel, avec les monuments d'Abydos, territoire sacré d'Osiris ; le temporel, avec la lutte contre les Hittites. Les ressources diplomatiques épuisées, Touy ne ménagea pas ses efforts, une intervention militaire fut indispensable. Séthi Ier contint l'adversaire et

1. 1291-1278.

rétablit le calme dans le couloir syro-palestinien, zone de turbulences et voie d'invasion.

Touy, servante de la Grande Mère Mout, donna naissance à un fils. Mais cette naissance-là eut un aspect surnaturel, puisque le père divin, Amon, prit l'apparence du roi pour s'unir à son épouse. Son parfum, celui du mythique pays de Pount, était si suave qu'elle céda à son désir. Ce récit, nous le connaissons bien, puisqu'il fut mis en forme par Hatchepsout. « De mon fils, je ferai un pharaon », promit Amon, et cette promesse divine fut tenue : Touy engendra le futur Ramsès II.

À la mort de son père Séthi Ier, son fils était prêt à régner ; sa mère, qui survécut au moins vingt-deux ans à son mari, demeura fort présente à la cour, car Ramsès II éprouvait envers elle affection et admiration. Lorsqu'il créa une nouvelle capitale dans le Delta, Pi-Ramsès, la cité de turquoise, il n'oublia pas de rendre hommage à cette mère chérie, notamment en lui faisant attribuer une statue du Moyen Empire, en partie remodelée[1] ; pour les anciens Égyptiens, le message était limpide : Touy incarnait la tradition, au sens noble du terme, et se rattachait à un âge d'or qu'elle prolongeait.

Fils aimant et admiratif, Ramsès II associa constamment sa mère à sa propre famille ; et sa plus grande marque d'affection, pour l'éternité, est le sanctuaire dédié à Touy qu'il intégra au Ramesseum, son temple thébain « des millions d'années », dont les vestiges demeurent envoûtants. La reine mère y est identifiée à Hathor, et son union à Amon, le divin père

1. Musée du Caire, JE 37484.

de Ramsès, y est évoquée ; et Touy était immortalisée par une statue haute de neuf mètres !

En l'an cinq de son règne, le jeune pharaon, comme son père, fut confronté aux Hittites ; lors de la fameuse bataille de Kadesh, dont les épisodes sont gravés sur les murs de plusieurs temples, Ramsès II se retrouva seul, avec son écuyer et les chevaux tirant son char, au milieu de milliers d'ennemis. Que faire ? Implorer Amon : « Mon père, pourquoi m'as-tu abandonné ? » En cette occasion, le Père n'abandonna pas son fils et donna tant de puissance à son bras qu'il terrassa ses ennemis. Une fois encore, la lumière avait vaincu les ténèbres ; conscients qu'ils ne parviendraient pas à envahir l'Égypte, les Hittites conclurent un traité de paix.

Et qui se félicite de cette heureuse issue, en envoyant une lettre à la reine des Hittites ? Touy, une vieille dame qui déteste la guerre et se réjouit d'un nouvel équilibre au Proche-Orient, scellé par un échange de cadeaux.

Décédée à un âge avancé, la grande souveraine fut inhumée dans la Vallée des Reines[1], avec tous les honneurs dus à son rang. À cause des pillages, il ne reste presque rien de ses trésors ; fut cependant préservé le couvercle d'un des vases canopes, protégeant le visage ressuscité d'une jeune reine, épanouie et souriante.

1. Tombe n° 80.

37

LA DAME D'ABOU SIMBEL

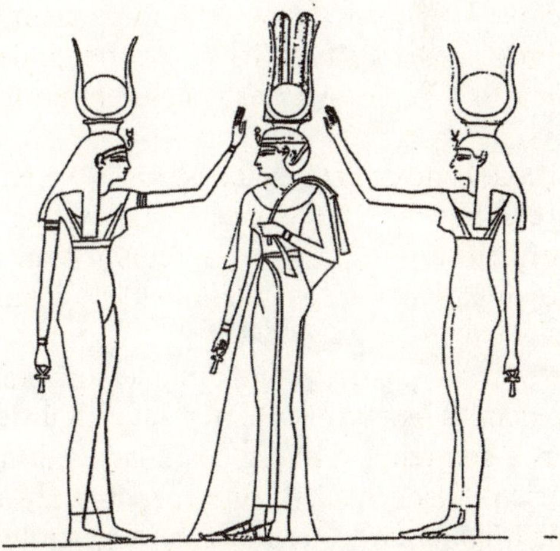

À Abou Simbel, les déesses Hathor et Isis couronnent Néfertari, la Grande Épouse royale de Ramsès II ; la souveraine tient dans la main droite la « clef de vie » et, dans la gauche, le sceptre de l'épanouissement. Sa couronne est formée d'un soleil, de deux plumes incarnant l'air lumineux, et de deux cornes de vache, évoquant Hathor, la déesse du Ciel.

(D'après Champollion)

Quiconque a eu la chance de contempler les scènes peintes de la tombe de la reine Néfertari, lors d'une visite toujours trop brève, a vécu ce qu'il est juste de nommer un moment de grâce ; l'art égyptien atteint ici l'un de ses sommets. Une tombe ? Non, une demeure d'éternité, un sanctuaire où l'âme de Néfertari, grâce à l'accomplissement de rites fondamentaux, décrits par le texte et par l'image, est à jamais vivante.

Les origines de Néfertari sont inconnues ; bien qu'elle n'appartînt pas à la famille royale, et ce fut souvent le cas des reines d'Égypte, elle épousa le jeune Ramsès II. Néfertari, « la Belle entre les belles, la Belle par excellence, la plus accomplie », reprend le nom d'une de ses glorieuses ancêtres, Ahmès-Néfertari. Elle se maria avant l'accession au trône du deuxième des Ramsès, et apparut aussitôt lors des cérémonies majeures, en tant que « Souveraine du Double Pays, présidant à la Haute et à la Basse-Égypte, maîtresse de toutes les terres, celle qui satisfait les divinités ».

Et, conformément à la tradition, c'est le couple qui règne, le roi étant « l'Aimé d'Amon », et la reine

« l'Aimée de Mout » ; ensemble, ils incarnent sur terre le couple divin, qui garantit la stabilité du royaume, l'Égypte terrestre étant une projection de l'Égypte céleste.

Qu'ils soient sculpture ou peinture, les portraits de Néfertari sont ceux d'une reine idéale, telle que la décrit un magnifique texte du temple de Louxor :

La princesse, riche de louanges, souveraine de grâce, douce d'amour, maîtresse des Deux Terres, la parfaite, celle dont les mains tiennent les sistres, celle qui met en joie son père Amon, celle qu'on aime le plus, celle qui porte la couronne, la chanteuse au beau visage, celle dont la parole donne la plénitude. Tout ce qu'elle demande est accompli, toute réalité s'accomplit en fonction de son désir de connaissance, toutes ses paroles font naître la joie sur les visages, entendre sa voix permet de vivre.

Depuis l'an un du règne jusqu'à son décès, entre les années vingt-deux et vingt-quatre, Néfertari fut une Grande Épouse royale omniprésente ; sans céder au romantisme, on constate que Néfertari fut le grand amour de Ramsès II. Et cet amour, il le lui prouva de manière monumentale en faisant bâtir deux temples sur le site nubien d'Abou Simbel, deux temples célébrant l'union éternelle du couple royal, à mille trois cents kilomètres au sud de la nouvelle capitale édifiée dans le Delta, Pi-Ramsès.

Lors de l'inauguration des deux sanctuaires, l'hiver de l'an vingt-quatre, Néfertari était-elle encore vivante, ou bien fut-ce son dernier voyage ? Depuis presque un quart de siècle, la reine avait eu d'intenses activités, tant rituelles que diplomatiques. À l'image des précédentes Grandes Épouses royales du Nouvel Empire, elle avait beaucoup correspondu avec ses homologues étrangères afin de consolider la paix, après la bataille de Kadesh, sorte de match nul entre Égyptiens et Hittites. Et, en l'an vingt et un, son espérance fut récompensée : un traité de non-agression fut signé par les dirigeants des deux peuples, avec la caution de leurs divinités respectives. Et ce traité-là fut respecté, inaugurant une longue période de calme au Proche-Orient. Et l'on appréciera la manière dont les reines égyptienne et hittite correspondaient : « Avec moi, ta sœur, tout va bien ; avec mon pays tout va bien. »

En découvrant Abou Simbel, à supposer qu'elle fût encore de ce monde, Néfertari imaginait-elle une telle splendeur ? Voué à la déesse Hathor, le lieu avait été soigneusement choisi ; et qui a vu le site d'origine, avant le déplacement des deux temples, engloutis sous les eaux du lac Nasser à cause de la construction du catastrophique haut barrage d'Assouan, ne peut oublier le moment où, vus du bateau, apparaissaient les colosses rythmant les hautes façades.

Le « grand » temple est dédié au *ka* de Ramsès, le « petit », à celui de Néfertari, la reine étant présente dans le sanctuaire du roi, et inversement.

La volonté de Ramsès est clairement proclamée : il a fait bâtir un temple *comme œuvre d'éternité, pour la Grande Épouse royale Néfertari, l'Aimée de Mout, pour toujours et à jamais, Néfertari pour le rayonnement de laquelle rayonne le soleil.*

Des colosses représentant la reine et le roi semblent sortir de la falaise où a été creusé ce sanctuaire, sorte de grotte sacrée et de creuset alchimique abritant la source de la vie, manifestée par la crue. Incarnation de la déesse Hathor, Néfertari fait renaître à la fois le flux créateur et le roi lui-même ; faisant offrande à plusieurs divinités, elle est couronnée à jamais, entourée d'Isis et de Hathor qui la magnétisent. Fine, aérienne, la Grande Épouse royale tient la clef de vie et un sceptre floral ; et sa couronne se compose de deux hautes plumes et de deux cornes entre lesquelles se lève le soleil.

En aval de la deuxième cataracte du Nil, au bord du fleuve, Abou Simbel se composait de deux grottes sacrées perpétuant l'action rituelle d'un couple royal qui, à l'exemple d'Amenhotep III et Tiyi, eux aussi présents en Nubie, affirmait le rayonnement de cette institution, cœur nourricier de l'Égypte.

Depuis le temps des pyramides, et peut-être auparavant, au temple doit être associée une demeure d'éternité. Dans le premier est célébré un culte, et sont accomplis des rites ; dans la seconde, son ou sa « propriétaire » est immortalisé, grâce au parcours qu'il effectue vers l'au-delà. La tombe de Néfertari fut creusée dans la Vallée des Reines[1], et des créateurs de génie y dévoilèrent le parcours initiatique de la reine.

Nous ignorons la date exacte du décès de Néfertari et ses circonstances ; la tombe a été pillée, la momie de la reine a disparu[2]. De son sarcophage en granit rose, détruit, ne subsistent que quelques fragments ; du

1. N° 66.

2. Des fragments de genoux momifiés lui appartiennent-ils ?

riche mobilier, quelques vases, des morceaux de coffre, des ouchebtis préposés aux travaux dans les champs paradisiaques. Et une paire de sandales que chaussait la reine pour parcourir les beaux chemins de l'éternité.

Une restauration patiente et attentive a redonné à ce chef-d'œuvre l'éclat de ses couleurs d'origine, et l'on ne se lasse pas d'admirer et de déchiffrer une extraordinaire série de tableaux qui représentent le chemin de Néfertari vers la connaissance des grands mystères.

Croire ne suffit pas, et la réussite n'est pas assurée. D'abord, il faut prononcer les mots justes afin d'obtenir de Thot à tête d'ibis le don de la palette de scribe ; ainsi, la reine peut formuler, écrire les hiéroglyphes, les paroles de Dieu, et proclamer : « Je suis scribe, je fais Maât, j'apporte Maât. » Faire Maât, c'est vivre en rectitude ; l'apporter, c'est restituer à son maître divin la Règle d'harmonie dont il est l'auteur.

Scribe, la reine est aussi artisan ; initiée à l'art du tissage, qui revient à percevoir la trame de la Création, elle offre à Ptah, maître des artisans, des étoffes sacralisées.

Moment décisif : jouer au *senet*, un jeu de stratégie. En face de la reine, l'invisible. Cette partie-là, qu'il ne faut pas perdre, est celle du grand passage qui permettra à la reine, guidée par les divinités, de voir apparaître le phénix, dont le nom, *benou*, est en rapport avec la pierre primordiale surgie de l'océan d'énergie, à l'origine des temps. Et la rencontre avec le dieu-Scarabée Khépri permet à Néfertari d'effectuer les incessantes transformations qui jalonneront son éternel voyage.

Étape déterminante, elle accède à la fois aux mystères de Râ, la lumière divine, et à ceux d'Osiris, le soleil du monde souterrain et le souverain des « Justes de voix » ; une phrase remarquable révèle que « Râ s'accomplit en Osiris, Osiris s'accomplit en Râ ». Participant aux mutations du soleil, Néfertari, à l'invitation d'Isis, prendra place sur le trône des ressuscités et communiera avec Atoum, le Principe créateur.

Le plafond de « la demeure de l'or », l'ultime pièce de ce sanctuaire, est décoré d'étoiles parmi lesquelles la reine vivra à jamais.

La reine Néfertari joue du sistre devant Hathor et lui offre un lotus ; en accomplissant ces rites, elle attire l'amour créateur de la déesse et provoque le retour de la crue qui fécondera l'Égypte et la rendra prospère.

(D'après Champollion)

38

DES FEMMES CONTRE UN MAUVAIS PATRON

Malgré des difficultés économiques dues, en grande partie, à une augmentation de la population, l'époque ramesside, sauf vers sa fin, est encore prospère. Demeurant une grande puissance agricole, le pays compte de nombreux troupeaux et des exploitations agricoles de tailles diverses qui, grâce au limon fourni par la crue et à une irrigation savante et efficace, assurent la subsistance de la population.

Les femmes prennent une part active à ce labeur, telle la dame Takarê, dont le nom n'est pas anodin : « la Puissance de la lumière divine ». Et de vigueur, elle n'en manquait pas ! Loin de se cantonner à un rôle de mère au foyer, elle était employée par un propriétaire terrien comme gestionnaire d'un important cheptel[1]. Travail difficile, exigeant et fatigant, que l'on n'hésitait pas à confier à une femme.

Et Takarê s'estimait compétente, jusqu'au jour où son patron, pour des raisons que nous ignorons, décida du contraire ; le conflit fut violent, elle fut renvoyée.

1. D'après le *Papyrus Anastasi IV*.

Le paysan la remplaça par une autre femme, qui lui donna satisfaction. Mais le bonhomme n'avait pas prévu une forme de solidarité inattendue ; la métayère eut besoin d'aide et de conseils, et fit appel à celle qui l'avait précédée.

Takarê ne refusa pas la proposition d'embauche, et se comporta de manière si positive que l'employeuse et l'employée devinrent amies. Aussi Takarê lui exposa-t-elle ses griefs, en expliquant qu'elle avait été mise à la porte de manière abusive. Convaincue, sa patronne décida que cette affaire n'en resterait pas là.

Ensemble, les deux femmes portèrent plainte contre le propriétaire terrien. Le tribunal du village et celui de la capitale de la province ne leur donnant pas satisfaction, elles ne renoncèrent pas à faire reconnaître leur bon droit et allèrent devant la juridiction suprême, la cour de justice présidée par le « vizir », le Premier ministre, garant de Maât.

Ce fait divers est significatif. Non seulement les Égyptiennes de l'Antiquité occupaient des postes importants, dans la plupart des domaines, et jouaient un rôle économique décisif ; mais aussi devaient-elles être respectées. Combattre l'injustice fut un critère fondamental de la civilisation pharaonique, et la dame Takarê, comme tant d'autres femmes, riches ou modestes, contribua à ce combat essentiel.

39

TAOUSERT, PHARAON DE L'ÈRE RAMESSIDE

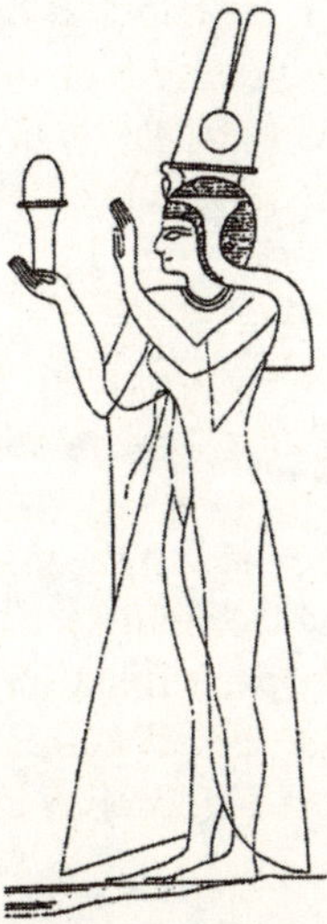

Devenue Pharaon, la reine Taousert accomplit le rite de présentation de l'onguent, pour intensifier la puissance créatrice.

(D'après Joyce Tyldesley, *Chronique des reines d'Égypte*, Actes Sud, 2008, p. 166)

S'il est un chef-d'œuvre méconnu, c'est bien la vaste tombe de la reine Taousert, devenue Pharaon, dans la Vallée des Rois ; très impressionnante, la salle de l'or, où reposait le sarcophage, est ornée de superbes scènes symboliques issues de ce qu'il est convenu de nommer « les livres funéraires royaux », consacrés aux mutations de l'âme royale qui, avant de renaître en un nouveau soleil, doit affronter des gardiens de portes et traverser des régions dangereuses. Et cette demeure d'éternité abrite quelques-uns des plus beaux reliefs peints de l'art égyptien, notamment les « portraits » des deux sœurs divines, Isis et Nephtys, indissociables l'une de l'autre.

En parcourant ce sanctuaire, long de plus de cent dix mètres, où règne souvent un profond recueillement, on découvre des merveilles et l'on s'interroge sur l'identité de la femme-Pharaon qui a ordonné à la communauté de Deir el-Médineh de le creuser et de le décorer.

À l'issue du très long règne de Ramsès II, près de soixante-sept ans, un dignitaire âgé, le « Fils royal »

Mérenptah, lui succéda et empêcha une invasion, celle des « peuples de la mer », une horde composite désireuse de s'emparer des richesses de l'Égypte.

Le successeur de ce roi à poigne osa reprendre le nom de Séthi, mais Séthi II perdit le pari de la puissance qu'avait gagné son illustre prédécesseur, Séthi Ier ; pendant son règne assez bref, environ cinq ans, le pouvoir se fissure. Un autre monarque prétend gouverner, à partir de Thèbes[1], tandis que Séthi II reste dans sa capitale du Delta. La rupture du lien vital entre les Deux Terres, la Haute et la Basse-Égypte : rien de pire aux yeux des anciens Égyptiens.

La Grande Épouse royale de Séthi II n'est autre que Taousert ; pas le moindre indice indiscutable sur ses origines et sa famille. À la mort de son mari, elle devient régente du royaume et gouverne probablement dans l'ombre ; le nouveau pharaon est un jeune homme fragile affecté d'un pied bot[2]. Son règne sera aussi bref que celui de Séthi II, et viendra alors l'heure de l'expérimentée Taousert, laquelle passera du statut d'éminence grise et de reine à celui de Pharaon.

Pendant cette période, le chef du Trésor, Bay, également scribe royal et échanson, semble avoir joué un rôle éminent. Mais dans quel sens ? Fut-il un zélé partisan de la reine, l'aidant à accéder à la fonction suprême, ou un comploteur désirant le trône pour lui-même ? Un fait établi : Bay fut inhumé dans la Vallée des Rois, privilège accordé à de fidèles serviteurs de

---

1. Amenmès. Sans doute reçut-il l'appui du grand prêtre d'Amon.

2. Mérenptah-Siptah.

l'État[1]. Riche et influent, il fut peut-être un faiseur de roi, qui finit par déplaire, au point d'être éliminé. Vu nos mœurs politiques, que les historiens contemporains projettent volontiers sur l'Égypte pharaonique, que de complots et d'intrigues… qui n'ont peut-être jamais existé !

Du règne de Taousert, d'une durée officielle de huit ans[2] et que d'aucuns réduisent à beaucoup moins, nous ne savons presque rien. « Riche en faveurs, douce souveraine, très aimée, souveraine du Double Pays », elle eut le mérite de rétablir l'unité de l'Égypte, puisque l'on trouve des traces de sa présence – symbolique et réelle – dans le Delta, à Héliopolis, à Memphis, à Abydos, en Nubie et même au Sinaï. Elle fut donc une souveraine incontestée, qui régna sur un pays paisible, tenant ses ennemis à distance.

Son nom, Taousert, « la Puissante », n'était pas mal choisi, et sa titulature ne manque pas d'intérêt ; se présentant comme « Taureau puissant, Aimée de Maât », la nouvelle femme-Pharaon affirme à la fois sa capacité à créer et son respect de la Règle éternelle ; aussi est-elle « Celle qui fonde l'Égypte et soumet les pays étrangers ». On peut donc l'appeler *Ta-ousert*, « la Puissante », et lui confier le pouvoir suprême.

Bâti sur la rive ouest de Thèbes, son « temple des millions d'années » était un édifice de belle taille, d'au moins cinquante mètres de long, s'inspirant de celui

---

1. KV 13.

2. 1196-1188. Taousert fit commencer son règne à la mort de son mari Séthi II, auquel elle voua un culte, effaçant ceux de Mérenptah-Siptah et d'Amenmès.

de Ramsès II, et entouré d'ateliers et de réserves de nourritures ; il n'en subsiste malheureusement que de pauvres vestiges.

La tombe de la Vallée des Rois[1], malgré les pillages, demeure un sanctuaire d'une exceptionnelle beauté. Une question se pose : le pharaon Taousert y reposa-t-elle en compagnie du pharaon Séthi II, son mari, ce qui serait un cas remarquable ?

Une seule statue de Taousert, provenant d'Héliopolis et à laquelle il manque la tête, quelques pièces de vaisselle précieuse formant un maigre trésor, une fin de règne obscure : cette reine devenue roi demeure énigmatique. Un diadème d'or[2], au cercle perforé de seize trous servant à fixer des fleurs d'or jaune et rouge en alternance, témoigne qu'elle fut proclamée « Juste de voix » par le tribunal d'Osiris et reçut donc cette « couronne de justification ».

Comme l'indique Sylvie Cauville, Hathor accueille Taousert, dans sa tombe, comme une reine parmi les déesses, signifiant « qu'elle est identifiée à la fille de Râ ».

---

1. KV 14.

2. Musée du Caire, CG 52644. Diamètre de 17 cm et poids de 104 g.

40

MOI, FEMME LIBRE, JE LÈGUE MES BIENS À QUI JE VEUX

Quand on est une vieille dame et que l'heure du grand voyage approche, on se penche à la fois sur son passé et sur l'avenir. Le passé, ce sont les souvenirs d'une longue vie dans le village de Deir el-Médineh, sur la rive ouest de Thèbes, celui de la communauté des artisans chargés de créer les tombes de la Vallée des Rois. L'avenir, c'est l'héritage non négligeable que la dame Naunakhté[1] comptait, dans un premier temps et selon une logique élémentaire, léguer à ses enfants.

En cette troisième année du règne de Ramsès V, l'Égypte a repris son souffle. Quelques années auparavant, Ramsès III a dû livrer une bataille navale et terrestre contre une nouvelle déferlante des « peuples de la mer » ; intelligence tactique et courage de ses troupes lui ont permis de briser les reins des envahisseurs.

L'angoisse dissipée, la dame Naunakhté peut se préoccuper de ses problèmes familiaux. « Femme libre

---

1. « La cité est puissante ».

du pays de Pharaon », selon ses propres termes[1], elle dresse un bilan critique de son existence.

Huit personnes. Elle a éduqué et nourri huit personnes, enfants et domestiques. Et une question se pose : qui a « posé la main sur la sienne », autrement dit qui lui est venu en aide dans les moments difficiles ?

De son côté, une bonté constante ; quand on a fait appel à sa générosité, elle ne l'a pas refusée. Et si ses enfants ont pu s'installer dans une maison confortable, c'est à elle qu'ils le doivent. La réciprocité, en revanche, laisse à désirer ; lequel d'entre eux a consenti à s'occuper d'une vieille femme, encombrante et ennuyeuse ?

Alors, une réflexion douloureuse s'imposa. Aucune loi n'obligeait Naunakhté à léguer automatiquement ses biens à ses enfants ; femme libre, elle désignerait l'héritier de son choix, à l'instar de toutes les Égyptiennes, depuis l'origine de leur civilisation. Qu'elle soit célibataire, mariée, remariée ou veuve, une femme conserve son patrimoine et en dispose à sa guise, en précisant la répartition de ses biens.

Dépitée et lucide, la vieille dame dut admettre la vérité : à ses bienfaits, ses descendants n'avaient répondu que par l'ingratitude. Arrogants, ils estimaient que leur attitude n'aurait aucune conséquence et que leur mère, trop faible, n'oserait pas les déshériter.

C'était mal connaître Naunakhté. Elle convoqua un témoin et déclara : « À celui qui aura pris soin de moi, je léguerai une partie de mes biens ; à celui qui m'aura dédaignée, je ne donnerai rien. »

---

1. Voir J. Černy, « The Will of Naunakhte », *JEA* 31, 1945, p. 29 *sq*.

Résultat : quatre enfants ingrats et déshérités. Et selon toute probabilité, leur père, un scribe, se comporta de la même façon ; quel que fût son avis, il ne pouvait disposer des avoirs de son épouse.

En revanche, plusieurs artisans dévoués et fidèles furent récompensés ; l'un d'eux, notamment, reçut une aiguière en argent, valant une dizaine de sacs de blé. Et pas question de contestation de la part de sa progéniture, car leur mère obtint du tribunal une sentence claire et définitive : « Quant au testament rédigé par la dame Naunakhté à propos de ses biens, il demeurera tel quel, très exactement. » Être une femme libre sous les pharaons, ce n'était pas un vain mot.

41

UNE CHANTEUSE FACE À L'IMPRÉVU

Ramsès XI fut le dernier pharaon de cette longue lignée qui s'acheva par une période de crise, laquelle verra monter sur le trône des monarques d'origine libyenne et nubienne ; mais en l'an douze du dernier des Ramsès, vers 1086 av. J.-C., l'Égypte est encore calme, en dépit de soubresauts économiques.

Et la dame Hénout-Taouy a bien des soucis. D'ordinaire, la vie de cette Thébaine était bien réglée ; siégeant au tribunal, chargée de l'organisation de certaines fêtes – et elles étaient nombreuses –, elle remplissait aussi des devoirs sacrés en se rendant au temple où elle exerçait la fonction de chanteuse du dieu Amon. Son mari, Nès-Aménipet, était un scribe qui s'occupait à la fois de l'entretien d'une nécropole et de la livraison de nourritures à la communauté des artisans de Deir el-Médineh. Ces derniers étaient pointilleux, et ne manquaient pas de protester vigoureusement en cas de retard ; en échange de leur travail, l'État devait assurer leur subsistance et leur qualité de vie.

Un chargement de grains, qui leur était destiné, allait arriver au port de Thèbes ; comme d'habitude, le scribe serait sur le quai pour vérifier qualité et quantité. Mais un impératif imprévu survient : le scribe est convoqué loin de Thèbes, il lui est impossible de renoncer à ce voyage officiel, sous peine de remettre en cause sa carrière.

Il faut donc quelqu'un pour le remplacer, quelqu'un de méticuleux et d'honnête ; et le scribe songe à son épouse. Chanteuse d'Amon, n'accomplissait-elle pas aussi des tâches administratives dans le domaine du dieu ? S'occuper de Deir el-Médineh et de l'élite des artisans, c'est du sérieux ; plutôt que de convoquer un collègue, Nès-Aménipet fait appel à sa femme. Vu les difficultés de ce travail inattendu et les responsabilités qui pèseraient sur ses épaules, accepterait-elle le risque ?

Une Égyptienne n'étant pas une faible femme confinée chez elle, à l'écart des affaires publiques, Hénout-Taouy vint en aide à son mari et honora sa confiance.

Lui parti en voyage, ce fut donc elle qui, au port de Thèbes, accueillit le capitaine du bateau chargé de céréales destinées aux artisans de Deir el-Médineh. Hénout-Taouy ne se contenta pas de formules de politesse et, avant de cautionner officiellement la livraison, vérifia elle-même le chargement.

Surprise désagréable ! La quantité de grains était bien moindre que prévue. On imagine les palabres et les explications embarrassées, visant à obtenir l'indulgence, voire le silence, de Hénout-Taouy. Peine perdue, car la superviseuse exigea une enquête approfondie, afin d'identifier les coupables de ce qui était, au mieux, une erreur et, au pis, une malversation ; et l'on compta sur sa détermination pour qu'elle fût menée à bon terme.

Comme il se devait, Hénout-Taouy surveilla ensuite le transport des sacs de céréales jusqu'au village des artisans, lesquels se félicitèrent de ses compétences. Et, de retour à Thèbes, son mari n'eut que des éloges à adresser à son épouse.

42

ET SI J'ADOPTAIS LA FEMME QUE J'AIME ?

Nous sommes toujours à l'époque de Ramsès XI, et nous partageons, cette fois, les tourments d'un chef d'écurie d'une ville de province[1], Nebnéfer ; satisfait de son emploi lucratif, il aimait tendrement son épouse, Nanéfer, et le couple menait une existence tranquille et heureuse. À noter que l'homme et la femme ont eu leurs noms placés sous le signe *néfer*, dont l'un des sens est « bonté », ce que leur aventure démontrera.

Le couple n'a pas d'enfants, ce qui n'a rien d'infamant ; une famille nombreuse, contrairement à ce qui est ânonné dans beaucoup d'ouvrages, n'était nullement l'obsession des anciens Égyptiens[2]. On sait d'ailleurs que la contraception et la limitation des naissances étaient des pratiques courantes : « On peut

1. Sépermérou, l'actuelle Bahnasa. Sur l'« affaire Nanéfer », voir A.H. Gardiner, « A Dynasty XX deed of Adoption », *JEA* 26, 1960, p. 23 *sq.* ; E. Cruz-Uribe, « A new look at the Adoption Papyrus », *JEA* 74, 1988, p. 220-3 ; C.J. Eyre, « The Adoption Papyrus in Social Context », *JEA* 78, 1992, p. 207-221.

2. Voir la maxime 9 citée au chapitre 8 du présent ouvrage, p. 67.

s'étonner de trouver dans cette civilisation où la vie et la religion étaient cimentées par un lien qui pouvait paraître indestructible, qu'il existait des moyens de contraception et d'avortement, mais les textes que nous avons cités attestent de leur utilisation. Cela pourrait s'expliquer par l'importance qui était accordée à la femme. La position de la femme dans l'Égypte antique, sa situation juridique incontestable, son accession à la culture, aux métiers de sage-femme voire de médecin et bien entendu à la prêtrise, concouraient à faire d'elle une véritable aspirante à la fécondité maîtrisée[1]. »

Sans doute Nebnéfer était-il beaucoup plus âgé que son épouse, et peut-être souffrant ; en tout cas, il envisagea sa disparition et l'avenir de la future veuve. D'elle, nous ne savons presque rien ; elle remplissait une fonction liturgique au temple, en tant que chanteuse du redoutable dieu Seth, dont la fureur et la violence, parfois utiles, avaient donc besoin d'être apaisées par une voix féminine.

Mais pourquoi Nebnéfer était-il si inquiet ? Une raison simple et banale : il craignait que les membres de sa famille, cupides et hargneux, n'attaquent son testament en faveur de son épouse Nanéfer, « la Belle et Bonne ». Quelle stratégie adopter pour éviter qu'elle ne soit ni agressée ni spoliée ?

Adopter… Voilà le mot qui convenait ! Bien qu'elle fût son épouse, Nanéfer pouvait aussi devenir… sa fille ! Alors, son statut juridique serait renforcé, et la veuve, double héritière, hors d'atteinte.

1. R.-A. Jean et A.-M. Loyrette, *Encyclopédie de l'univers végétal*, II, Montpellier, 2001, p. 537 *sq*.

La procédure devait être stricte. Nebnéfer convoqua un scribe, spécialisé dans les affaires juridiques, et plusieurs témoins, quatre collègues chefs d'écurie, deux militaires et des femmes, dont une autre chanteuse de Seth. Tous se porteraient garants des volontés explicites du vieux mari, dûment consignées dans son testament : il adoptait Nanéfer, légataire universelle, héritière de tous ses biens. Et nul ne contesterait la validité de ce document.

Dix-huit ans après le décès de cet époux aimant et bienveillant, Nanéfer était toujours de ce monde et avait échappé à toute attaque. Et son propre comportement fut celui d'une belle âme et d'une femme généreuse ; les biens qu'elle avait reçus, elle les distribua à ceux qui étaient restés proches d'elle, pendant la dure épreuve de son veuvage. Car Nanéfer ne s'était pas remariée, tant son mari demeurait présent.

Deux personnes bénéficièrent de ses largesses : Padiou, son frère cadet, et sa servante, mère d'un garçon et de deux filles. Et Padiou était amoureux de l'aînée… N'écoutant que son cœur, et en hommage à son mari, la veuve adopta son frère et lui légua sa fortune, de manière qu'il coulât des jours heureux avec la fille de la servante.

43

MUSICIENNE DU DIVIN

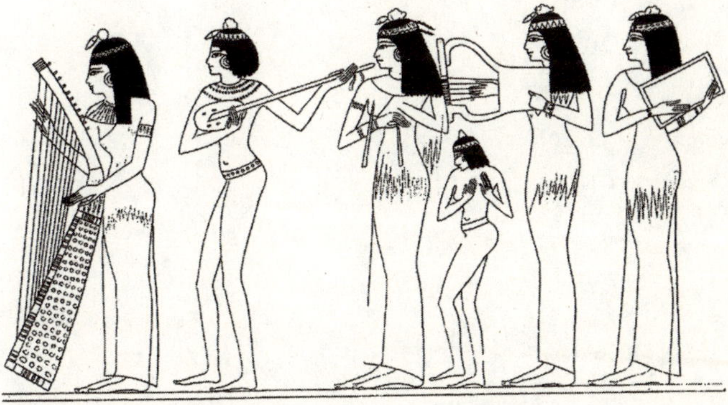

Les femmes formaient des orchestres fort appréciés ; elles jouaient de la harpe, du luth, de la cithare, du tambourin, de la flûte, donnant des concerts où le chant et la danse n'étaient pas absents. Cette vocation musicale s'exerçait à la fois au temple et lors de cérémonies officielles ou de réjouissances privées.

(D'après Champollion)

Avec la XXIe dynastie débute ce qui fut appelé « l'Égypte du crépuscule » ; le pays est encore indépendant et, malgré de sévères perturbations, son économie fonctionne. Encore opulente, Thèbes la Magnifique demeure la gardienne des traditions, si loin de la Basse-Égypte et de ce Delta où le monde extérieur s'insinue davantage jour après jour.

De cette époque datent un certain nombre de textes essentiels, dont le papyrus de Hérouben, une chanteuse d'Amon ; nous ne connaissons rien de son existence profane, mais une vignette de ce document remarquable nous permet d'assister à un rite dont bénéficia cette musicienne du divin.

Agenouillée sur un socle, symbole de la Règle qu'elle respectait, la chanteuse Hérouben est purifiée par deux dieux, Horus, le protecteur de la royauté, et Thot, le maître de la connaissance ; de leurs vases ne sort pas de l'eau, mais des signes hiéroglyphiques signifiant « Vie » et « Épanouissement ».

Or, cette symbolique est d'origine royale ; avant de célébrer le rituel ranimant la puissance divine, Pharaon devait être ainsi purifié. C'est dire que cette musicienne, dont le modèle et la patronne était la Grande Épouse royale, avait accès aux grands mystères[1].

Quelles furent les tâches attribuées à Hérouben ? En Égypte ancienne, la musique était partout, aussi bien dans les travaux du quotidien que dans le secret des temples. Des flûtistes accompagnaient le labeur des paysans, et aucun temps fort des activités sociales, des vendanges aux fêtes, ne se concevait sans accompagnement musical. Chants, danses et concerts apaisaient la lionne terrifiante pour la transformer en douce Hathor, et provoquer le retour de la crue fécondatrice. Les musiciennes de la déesse sortaient du temple, le premier jour du quatrième mois de l'hiver, pour former une procession dans les villes et les villages, en l'honneur de leur sainte patronne. À cette occasion, comme lors des banquets et autres réjouissances, elles utilisaient une belle variété d'instruments, harpe, luth, cithare, lyre, flûte, hautbois, tambour, castagnettes…

En priorité, elles répandaient des ondes positives, pour écarter le mal et la dysharmonie ; dans cette perspective, les sistres, égrenant des sons métalliques, jouaient un rôle capital. En les agitant, les musiciennes de Hathor dissipaient les ténèbres[2]. Pendant les pre-

1. Certains ouvrages estiment encore que des particuliers, voire des pharaons, ont « usurpé » des œuvres antérieures ; s'il est un mot utilisé de façon abusive en égyptologie, c'est bien celui-là ; Hérouben n'usurpe pas un rite, elle le vit. Aucun pharaon n'a « usurpé » les monuments et les statues de ses prédécesseurs ; il les a prolongés et revivifiés en leur appliquant son génie propre.

2. Le sistre se compose d'un manche que prolonge un cadre ovale, percé de trous dans lesquels passent des tiges mobiles.

miers siècles de l'ère chrétienne et jusqu'au massacre de la dernière communauté isiaque, sur l'île de Philæ, les sistres seront utilisés afin d'éloigner les démons.

Comme l'a affirmé Mozart dans son opéra *La Flûte enchantée*, consacré à l'initiation d'un couple aux mystères d'Isis et d'Osiris, la musique peut vaincre la mort ; et telle était bien la certitude des anciens Égyptiens qui l'intégrèrent aux rites majeurs, comme celui de la régénération de Pharaon, où officiaient « les Deux Aimées », chantant et jouant de la harpe pour redonner de l'énergie au souverain et faire naître un nouveau soleil.

Un fragment de statue nous offre un remarquable témoignage, celui de la dame Semset, « l'Aînée », qui s'adresse en ces termes à ceux qui la contemplent : « Vous qui me voyez debout, tenant la *menat*[1] et le miroir, adorez le dieu pour moi, offrez-moi un banquet (de vie), rappelez mon beau nom… Car je suis une excellente musicienne, une femme parfaite dont l'amour est doux, riche en louanges, aux propos choisis, louée des dieux[2]. »

À sa vie éternelle, façonnée par la musique, cette femme associe son mari et ses enfants. Et ses collègues, les musiciennes appelées à célébrer les rites dans le temple, ne manquèrent pas de perpétuer sa mémoire.

---

1. Un collier de résurrection.

2. Voir C. Zivie-Coche, in « Mélanges F. Dunand », *Cenim* 9, 2014, p. 453 et 458, et note 81.

44

UNE DYNASTIE FÉMININE : LES DIVINES ADORATRICES

Dotée de pouvoirs régaliens, une Divine Adoratrice présente l'offrande de Maât, le fondement de l'État pharaonique, au dieu Amon.

(D'après J. Leclant)

Après un très long règne de soixante-dix années au service du dieu Amon, la onzième Divine Adoratrice commença à ressentir le poids des ans. Son nom nous apparaît compliqué : Ânkhnes-Néferibrê, « Que Pharaon vive pour elle, parfait est le cœur de la lumière divine », mais il traduit la dimension spirituelle que cette grande dame voulut donner à sa fonction.

Ânkhnes appartenait à une surprenante lignée de femmes qui, à partir de 1000 av. J.-C. et pendant un demi-siècle environ, a régné sur la riche province de Thèbes et gouverné ses temples, dont l'immense Karnak[1]. Le pharaon leur avait accordé ce pouvoir, que douze Divines Adoratrices, certaines pendant de longues périodes, exercèrent pleinement.

Au soir de sa vie, comment la vieille dame n'aurait-elle pas songé à la journée inoubliable de son intronisation ? La Divine Adoratrice en poste, « la Mère », l'avait choisie comme « Fille » pour lui succéder, sans qu'il y eût entre elles de lien de parenté profane. Et la

1. Sur la lignée des douze Divines Adoratrices, voir *LdÄ* II, p. 792 *sq.*

Mère, jusqu'à son décès, initiait sa Fille aux arcanes de sa lourde tâche, en lui donnant les conseils nécessaires.

Fille du roi Psammétique II, la jeune Ânkhnes fut « adoptée » rituellement par la dixième Divine Adoratrice, fort âgée, Nitocris ; en cette année 594 av. J.-C., cette dernière ouvrit à celle qui lui succédait les portes du temple d'Amon, désormais placé sous son autorité spirituelle et temporelle.

« Grande chanteuse, celle qui porte des fleurs, celle qui préside à la lignée d'Amon », la Divine Adoratrice devenait son grand prêtre, à la tête de tous les ritualistes masculins et féminins. Lors de sa consécration, en présence de nombreux dignitaires, Ânkhnes avait reçu son vêtement de fonction et ses bijoux rituels. Coiffe imitant un vautour – incarnation de la déesse Mout, « la Mère » –, serpent uræus au front, longue robe moulante avec des ailes enveloppant le bas du corps[1], collier large, bracelets d'or : comme elle était belle, la nouvelle épouse du dieu Amon, comme sa voix était envoûtante quand elle entonna un hymne à sa gloire !

Cette institution de « l'Épouse du dieu » avait été créée, nous l'avons vu, par la reine Ahmès-Néfertari, et connut son apogée avec la dynastie des Divines Adoratrices. Elles n'étaient contraintes ni à la virginité ni au célibat, mais n'avaient qu'un seul époux : Amon-Râ. À elles de maintenir sa présence sur terre et ses bienfaits, en attirant son amour ; et c'est Amon en personne qui transmet sa puissance à son épouse en lui imposant les mains. Il lui

1. D'après la statuette en bronze doré d'une autre Divine Adoratrice, Karomama, que Champollion admirait et qu'il apporta au musée du Louvre.

donne le signe de la vie à respirer, elle l'enlace avec noblesse ; de cette union symbolique naissait la prospérité de Thèbes. Proclamée souveraine du ciel que parcourait le Soleil, la Divine Adoratrice assurait la subsistance des êtres vivants, et son nom, comme ceux des pharaons, était inscrit dans un cartouche, un ovale plus ou moins allongé symbolisant l'univers. Représentante du feu créateur, l'épouse d'Amon appliquait la règle de Maât[1].

Neuf ans après avoir légué sa charge, Nitocris s'éteignit, et Ânkhnes fut l'unique occupante du palais des Divines Adoratrices que sa Mère avait restauré. Elle était désormais seule responsable d'un domaine agricole formé de terres que lui concédaient plusieurs provinces ; un grand intendant, comparé au *ka* du roi, gérait ces énormes richesses, dont profitait un personnel choyé.

Les Divines Adoratrices étaient appréciées de la population ; elles assuraient à Thèbes stabilité et prospérité. Loin de l'agitation du Nord, les habitants de la riche province, si attachée aux traditions, ne les considéraient-ils pas comme des pharaons ?

Elles consacraient les offrandes, présidaient à des rites de fondation, édifiaient des chapelles, à Karnak et à Médinet Habou, célébraient les mystères osiriens, sacralisaient l'espace en tirant des flèches aux quatre points cardinaux, se faisaient représenter en sphinx,

---

1. Le Principe créateur, Atoum, engendra un couple formé de Chou, vie et air lumineux, et de la déesse Tefnout, feu créateur et Règle universelle (Maât). Or, les rites qu'accomplissait la Divine Adoratrice l'étaient comme « envers Tefnout, la première fois ». Voir J. Leclant, « Tefnout et les Divines Adoratrices thébaines », *MDIAK* XV, p. 166-171.

brûlaient des figurines en cire des ennemis de la lumière dans un brasier, nouaient les amulettes afin d'écarter le mal. En dépit de toutes ces prérogatives royales, ni Ânkhnes ni les autres Divines Adoratrices ne se substituèrent au pharaon régnant. Leur pouvoir ne s'appliqua qu'à la région thébaine, et aucune des douze ne chercha à dépasser les limites de son territoire.

La tombe d'Ânkhnes-Néferibrê était prête depuis longtemps, elle avait fait graver sur son sarcophage des textes remontant à l'Ancien Empire, et témoignant de la plus haute spiritualité[1].

Après s'être remémoré sa longue et paisible carrière au service d'Amon, la vieille dame prit la décision qui s'imposait : adopter une Fille, lui transmettre sa fonction et son expérience. Et l'élue fut une Nitocris, fille du pharaon Amasis, et portant le même nom que la Mère spirituelle d'Ânkhnes.

Pressentait-elle qu'elle serait la douzième et dernière Divine Adoratrice ? Non point que Pharaon mît fin à cette dynastie de femmes ; ce sont des envahisseurs, les Perses, qui saccagèrent Thèbes et abolirent cette institution. Lorsqu'ils déferlèrent, en 525 av. J.-C., Ânkhnes était probablement décédée ; et l'on peut craindre qu'ils n'aient réservé un sort atroce à Nitocris II.

---

1. Bien qu'il ait été retrouvé lors de l'expédition française de 1832, les autorités scientifiques le dédaignèrent ; en revanche, le British Museum de Londres le jugea digne d'appartenir à ses collections. Les Perses dévastèrent la dernière demeure de la Divine Adoratrice et brûlèrent sa momie, mais son message, d'une exceptionnelle profondeur, fut préservé par ce véritable livre qu'est son sarcophage.

45

« L'ANNÉE PARFAITE », ÉPOUSE D'UN SAGE

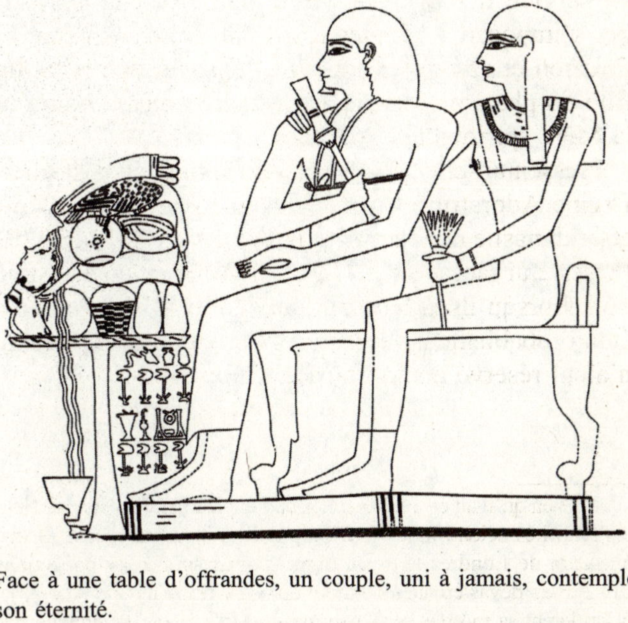

Face à une table d'offrandes, un couple, uni à jamais, contemple son éternité.

(Tombe de Rekhmirê)

Parmi les sites égyptiens qui impriment une marque profonde, celui d'Hermopolis, la cité sacrée de Thot, occupe une place particulière. Hélas, il n'en subsiste que de pauvres vestiges, l'immense temple du dieu de la Connaissance et patron des scribes ayant été démantelé ; mais, à proximité, la nécropole de Tounah el-Gebel abrite un monument extraordinaire et intact, le tombeau de Pétosiris[1]. Ce grand prêtre de Thot subit les conséquences de l'invasion qui avait frappé les Deux Terres, à laquelle n'échappa pas sa province, en Moyenne-Égypte.

Après cent vingt-cinq années d'occupation, les Égyptiens avaient réussi à chasser les Perses et à regagner leur indépendance en 405 av. J.-C. Trois dynasties[2] redonnèrent espoir aux sujets de Pharaon ; mais

1. Son nom signifie : « Celui qu'a donné Osiris ». Pour la publication des textes et de l'iconographie de sa demeure d'éternité, voir G. Lefebvre, *Le Tombeau de Pétosiris*, réimpression 2007, Institut français d'archéologie orientale du Caire.

2. Les XVIIIe, XIXe et XXe.

c'était oublier l'opiniâtreté et la violence des Perses, les ancêtres des Iraniens. En 342, ils attaquent à nouveau, et le dernier pharaon, Nectanébo II, est vaincu ; débute une seconde occupation, plus destructrice et plus impitoyable que la première.

Elle fut un long cauchemar, les vainqueurs voulant briser à jamais les reins de l'Égypte des pharaons, et n'hésitant pas à saccager les temples.

Pétosiris garda la tête haute, et parvint à maintenir un minimum d'activités rituelles, malgré dégradations et humiliations. Puis, en 333, une sorte de miracle : un Grec, Alexandre le Grand, réussit à terrasser l'Empire perse ! Il fut accueilli en Égypte comme un libérateur, mais dut se soumettre aux us et coutumes du pays pour devenir pharaon et obtenir une paix durable.

Certes, les Deux Terres seraient désormais gouvernées à partir d'une capitale grecque, Alexandrie, et des souverains grecs, les Ptolémées, succéderaient à Alexandre. Mais un vent de liberté souffla, et l'expulsion des Perses fut un immense soulagement.

Avec ardeur, Pétosiris se mit au travail, et la tâche paraissait surhumaine : restaurer les sanctuaires, redonner au lac sacré et à la butte primordiale, sur laquelle la lumière était apparue, leur splendeur d'antan, remettre les ritualistes en fonction, rétablir la célébration des fêtes, réorganiser la bibliothèque en y replaçant les textes dissimulés à l'occupant.

Pétosiris n'était pas seul ; à ses côtés, une merveilleuse épouse, aimant se vêtir d'une tunique légère, et se parer d'un collier doré et de bracelets ; elle se nommait Renpet-Néféret, « l'Année parfaite » ; comme les époux et leurs enfants durent être heureux quand ils vécurent à nouveau les rites du Nouvel An !

Recommandant à chacun de respecter la règle de Maât et de marcher sur le chemin de Dieu, le couple décida d'édifier une demeure d'éternité familiale qui, de l'extérieur, ressemblerait à un petit temple. Édifice surprenant et témoin de son temps, car deux styles bien différents, le grec et l'égyptien, y sont utilisés.

À l'extérieur, des thèmes bien connus depuis le temps des pyramides, les travaux des champs, les troupeaux, les greniers, les vergers, les vendanges, les orfèvres, les menuisiers ; qu'il s'agisse de la cueillette du lin ou de l'évocation de l'art des parfumeurs, toutes les scènes sont « à la grecque », en s'inspirant de modèles et d'attitudes « à l'égyptienne ».

À l'intérieur, en revanche, pas la moindre concession à l'air du temps, mais des textes et des représentations traditionnels, décrivant l'accueil parmi les divinités des membres de la famille et l'accès de leurs âmes transfigurées aux paradis. Sage, est-il précisé à propos de Pétosiris, il fut réuni à des sages ; et selon ses paroles, comme on agit, on sera traité. Atteindre le Bel Occident, traverser l'épreuve de la mort, atteindre la félicité exigent d'avoir vécu en rectitude et d'avoir pratiqué Maât.

Renpet-Néféret n'avait pas manqué à ses devoirs, et son rôle, comme celui de tant d'Égyptiennes[1], avait été déterminant. Un texte du tombeau familial décrit les

1. Une femme, considérée comme une sainte, fut déifiée et intégrée dans la septième province de Haute-Égypte ; sur Oudjarenes, voir *RdE* 46, 1995, p. 55 *sq*.

qualités qu'un mari aimant reconnaissait à son épouse, et ces lignes, où la dignité se mêle à l'émotion, procurent une image précise de la femme, telle que la conçut l'Égypte pharaonique, depuis la première des dynasties :

Sa femme, son aimée, souveraine de grâce, douce d'amour, à la parole habile, agréable en ses discours, de conseil utile dans ses écrits ; tout ce qui passe sur ses lèvres est à la ressemblance des travaux de Maât ; femme parfaite, grande de faveur dans sa ville, tendant la main à tous, disant ce qui est bien, répétant ce que l'on aime, faisant plaisir à chacun ; en l'écoutant, on n'apprend pas le mal, elle qui est très aimée de tous, elle qui se nomme Renpet-Néféret, « l'Année parfaite »[1].

1. Inscription 58, 8-12 (traduction d'après G. Lefebvre).

46

QUAND L'ÉGYPTIENNE FUT PLACÉE SOUS TUTELLE

Il y a des chapitres plus agréables à écrire, mais impossible de nier la réalité. À la fin du IIe siècle av. J.-C., le cas d'une Égyptienne[1] illustre la cassure qui se produisit entre le monde des Égyptiens et celui des Grecs, inaugurant un processus de décadence.

Fille d'un soldat, la Grecque Apollonia avait pris un nom égyptien, Sénet-Montou, « Sœur de Montou », dieu faucon qui armait le bras de Pharaon lors des conflits et assurait la protection de Thèbes. Elle illustrait, comme beaucoup d'autres sous le règne des Ptolémées, une double culture ; vivant dans un village au sud de la cité d'Amon, Apollonia s'était habituée au mode de vie égyptien, incluant la liberté de la femme, son indépendance professionnelle et juridique. Loin de l'oppression du monde grec, elle goûtait à une nouvelle forme d'existence.

1. Voir S.B. Pomeroy, *Apollonia (also called Senmonthis), wife of Dryton: woman of two cultures: paper delivered at the colloquium on « Social History and the Papyri »*, Columbia University, 9 avril 1983.

Âgée d'une vingtaine d'années, elle épousa Dryton, un officier de cavalerie quadragénaire, veuf et père d'un fils. Un contrat de mariage fut établi et, conformément à l'ancienne loi égyptienne, les biens que possédait la jeune femme au moment de son union, et ceux acquis par la suite, resteraient à jamais sa propriété. Et Apollonia n'était pas pauvre, puisque son père lui avait légué des terres. De plus, elle se révéla femme d'affaires, louant une partie de ses propriétés foncières et prêtant de l'argent avec intérêt. Rien d'étonnant au pays des pharaons, qui avait l'habitude de voir des femmes diriger des entreprises, faire du commerce et assurer leur indépendance matérielle.

Mais les Ptolémées, nouveaux maîtres de l'Égypte, étaient des Grecs, et cette situation leur déplaisait fortement ; disposant des pouvoirs politique et militaire, ils modifièrent peu à peu la législation, afin de supprimer un à un les droits des femmes[1].

Quand Dryton, après vingt-quatre ans de mariage, eut l'intention de déshériter son épouse, Apollonia ne fut pas trop soucieuse ; ce comportement très grec ne serait-il pas jugé illégal ? Hélas, cet optimisme n'était plus de saison, et une idée tendait à s'imposer : qu'une femme fût propriétaire et disposât de ses avoirs était indécent. Un véritable complot s'organisa contre Apollonia et, cette fois, il réussit ; perdant son autonomie juridique, contrainte de se soumettre aux nouvelles lois des Ptolémées, elle fut placée sous tutelle. Impossible, pour une femme, désormais, d'apposer sa

1. C'est Ptolémée Philopator (221-205) qui imposa aux femmes un tuteur pour tout acte juridique ou commercial.

signature sur un document et de gérer elle-même ses affaires ; il lui faudra un tuteur légal, la plupart du temps son mari, qui agira en son nom, et sera l'unique propriétaire des biens familiaux.

La mentalité grecque avait gagné ; la femme n'était plus l'égale de l'homme, mais un être inférieur, considéré comme un enfant qu'il fallait « protéger » ; le christianisme et l'islam ne modifièrent pas ce nouveau statut, si éloigné de celui des Égyptiennes au temps des pharaons.

Sénet-Montou fut l'une des dernières femmes d'affaires indépendantes sous les Ptolémées, et sa bataille perdue eut des conséquences dramatiques pour ses semblables. Avec cette défaite, l'une des valeurs fondamentales de l'Égypte pharaonique disparaissait.

47

CLÉOPÂTRE, LE DERNIER PHARAON

En participant avec son fils, élevé à la dignité royale, à l'offrande de Maât, Cléopâtre perpétue la tradition pharaonique.

Qui était Cléopâtre ? La question peut paraître bizarre, alors que l'on croit tout savoir de cette star du monde antique, devenue vedette de cinéma grâce à un film américain. Pourtant, si l'on affirme qu'elle est née en 60 av. J.-C., et qu'elle fut la septième des Cléopâtre à porter ce nom signifiant « la Gloire de son père », une théorie voudrait qu'elle ne fût pas la fille de Ptolémée XII, mais celle d'un prêtre égyptien.

Pourquoi cette hypothèse ? À cause du comportement de cette Grecque se transformant en Égyptienne, et s'affirmant comme le dernier des pharaons. Il n'est pas indifférent de constater que c'est une femme qui livra le dernier combat pour redonner à l'Égypte son indépendance, perdue depuis la seconde occupation perse ; et c'est une déesse, Isis, qui inspira son destin et fut le dernier rempart contre l'intolérance.

Belle, Cléopâtre, affligée d'un nez trop long ? Probablement pas, mais cultivée et envoûtante, d'après les témoignages anciens. Entendre sa voix, dont elle jouait comme d'une lyre à plusieurs cordes, était un délice. Et l'originalité de cette princesse consista à sortir de son palais pour fréquenter la grande bibliothèque d'Alexandrie et apprendre plusieurs langues, dont l'égyptien.

Un rêve insensé hantait la jeune femme : non seulement régner et gouverner l'Égypte, mais aussi lui redonner sa splendeur passée en l'élevant à nouveau au rang de grande puissance. Mais comment y parvenir, alors que le règne pitoyable d'un père débauché avait affaibli le pays au point d'en faire une proie facile pour les Romains ? Et les difficultés semblaient d'autant plus insurmontables que Cléopâtre n'était ni populaire ni appréciée de la cour décadente d'Alexandrie, qui lui préférait un gamin facile à manipuler, son petit frère Ptolémée XIII. Afin d'échapper à un assassinat inévitable, la jeune reine fut contrainte de s'exiler, sans grand espoir de voir son rêve se réaliser.

Alors, elle lutta, engagea des mercenaires et prit le commandement d'une armée de fortune. Et la chance la servit.

Poursuivant son rival Pompée, dont il avait anéanti les légions, Jules César le traque à travers la Méditerranée, jusqu'à Alexandrie, où il espère pouvoir l'arrêter et le ramener à Rome. Pour lui plaire, les courtisans du petit Ptolémée lui offrent la tête de Pompée ; César pleura et éprouva un vif ressentiment à l'égard de ces lâches.

César, un personnage complexe. Un chef de guerre impitoyable, certes, mais aussi un prêtre de Vénus, cultivé, féru d'astrologie, et désireux d'amener Rome à l'apogée de sa puissance.

Cléopâtre décida de jouer une carte dangereuse : rentrer à Alexandrie, violer les consignes de sécurité, se présenter devant César sans y être invitée, et d'une manière très inattendue. La fameuse scène du tapis, que l'on déroule aux pieds du conquérant et qui révèle la présence d'une gracieuse jeune femme, a un fond de vérité. Et cet entretien improbable se transforma en coup de foudre.

Passion amoureuse doublée d'une passion politique : les deux amants sont animés d'une même ambition pour leurs pays respectifs. À l'issue de la guerre d'Alexandrie, au cours de laquelle César faillit périr et qui verra l'incendie de la grande bibliothèque, Cléopâtre, débarrassée de ses ennemis, règne seule sur les Deux Terres et prend une stature pharaonique.

Elle fait découvrir l'Égypte à César, au cours d'un voyage grandiose, finance l'achèvement du grand temple de Dendera[1] et met au monde Césarion, fils de César et futur pharaon. Le rêve prend corps et, en 46 av. J.-C., elle est invitée à séjourner à Rome, avec un but précis : officialiser l'union entre César et Cléopâtre, le premier régnant sur l'Occident, la seconde sur l'Orient. Cette fois, l'antique royaume des pharaons renaît !

Mais l'Égyptienne ne séduit pas les politiciens romains, hostiles à la montée en puissance de cette étrangère ; et, le 15 mars 44, César est assassiné. Privée de son principal soutien, craignant de subir le même sort, Cléopâtre regagne l'Égypte.

Au seuil du triomphe, c'est l'échec ; certes, son pays a reconquis une certaine indépendance, mais impossible de se mettre Rome à dos. La concurrence

---

1. J'ai évoqué cette période dans *Le Dernier Rêve de Cléopâtre*, Paris, XO Éditions, 2012.

pour la succession de César est féroce, Cléopâtre doit se choisir un allié. Comme elle avait conquis le cœur de César, elle décide de séduire un autre guerrier, auteur d'exploits renommés, Marc Antoine. La rencontre a lieu en terrain neutre, à Tarse, et le récit de Plutarque mérite d'être rapporté ; selon l'écrivain grec, Cléopâtre remonta le fleuve Cydnos *dans un navire dont la poupe était d'or, les voiles de pourpre, les avirons d'argent. Le mouvement des rames était cadencé au son des flûtes, marié à celui des lyres et des chalumeaux. Elle-même, parée telle qu'on peint Aphrodite, était étendue sous un pavillon brodé d'or, et des enfants, semblables aux amours des tableaux, l'entouraient en l'éventant. Ses femmes, toutes parfaitement belles, costumées en Néréides et en Grâces, étaient les unes au gouvernail, les autres aux cordages. L'odeur des parfums qu'on brûlait sur le navire embaumait les deux rives du fleuve où la foule s'était amassée.*

Ne nous y trompons pas : il ne s'agit pas d'un simple show profane et d'une mise en scène uniquement destinée à éblouir le Romain.

Sans négliger le faste, Cléopâtre joue sur un autre registre : son apparition est celle d'Isis, sa déesse protectrice, et elle vient rechercher son époux, Osiris, incarné par Marc Antoine. Et la démarche aboutit ! Amour, religion et politique s'entremêlent ; la « nouvelle Isis », Cléopâtre, va ressusciter l'Égypte avec l'aide d'un Romain transformé en Égyptien.

Et sa volonté se révèle lorsqu'elle adopte de très anciens titres, s'affirmant comme une femme-Pharaon : « Souveraine du Nord et du Sud, régente de la terre,

Horus féminin ». À Dendera, Cléopâtre est représentée sous la forme d'Isis-Hathor, accompagnée de son fils, le petit Horus ; fut-elle présente, lorsque le sculpteur créa son œuvre ?

Une existence de plaisirs et de fêtes ? Pas uniquement. Cléopâtre est une femme d'État ; elle mène à bien une réforme monétaire, renforce l'économie de son pays, augmente les effectifs de son armée. Et ne dispose-t-elle pas d'un stratège de première force, Marc Antoine ?

Ce fut là son erreur. Mais la dernière femme-Pharaon d'Égypte avait-elle le choix ? Jamais le rigide Octave n'aurait cédé aux charmes de l'Égyptienne.

Malgré les premières défaites et les mises en garde répétées de Rome, Cléopâtre ne recule pas et incite Marc Antoine à ne pas céder aux injonctions d'Octave. Forçant le destin, elle proclame la naissance d'un empire d'Orient, dont l'Égypte sera la clef de voûte. Autrement dit, une déclaration de guerre à Octave.

Cléopâtre a cru en sa victoire, à l'issue d'un combat naval qu'elle et Marc Antoine sauraient contrôler ; ses navires de guerre n'étaient-ils pas supérieurs à ceux des Romains ? À Actium, en 31 av. J.-C., c'est l'affrontement décisif. Et rien ne se déroule comme prévu. Incompétence de Marc Antoine, manœuvres inefficaces, lâchetés, désertions… Octave triomphe.

Il n'existe pas de solution de secours. Humilié, Marc Antoine se suicide ; quant à Cléopâtre, elle sait que son rêve est brisé et que l'Égypte est condamnée à devenir une province romaine. Elle aussi se donne la mort, en utilisant une symbolique digne des pharaons ;

l'uræus, le cobra femelle apparaissant au front des monarques pour répandre un feu qui détruisait leurs ennemis, se retourne contre la souveraine[1]. Et l'Égypte des pharaons, en tant que nation libre et indépendante, fut anéantie.

1. Voir J.A. Josephson, « A variant type of the uræus in the late period », *JARCE* 29, 1992, p. 123-130.

CONCLUSION

Granit, quatre-vingt-trois centimètres de haut, IIIe dynastie : c'est à notre connaissance, la plus ancienne statue d'Égyptienne ; le hasard des trouvailles nous en révélera peut-être d'antérieures. La dame Rédyi est assise, coiffée d'une perruque rituelle, et un terme vient aussitôt à l'esprit : noblesse. Quelle que fût sa fonction, elle mérita d'être immortalisée et d'être ainsi l'ancêtre d'une longue lignée de femmes libres et autonomes qui, du sommet de l'État aux tâches les plus humbles, tissèrent une civilisation à nulle autre pareille.

Au temps de Ramsès III, le passage d'un papyrus rappelle l'un des traits caractéristiques de la liberté des femmes et du respect qui leur était dû : elles pouvaient se déplacer à leur guise, se rendre à la destination de leur choix, et personne ne les importunait[1]. À la lueur de la documentation, on constate que l'Égypte pharaonique accorda aux femmes des droits légitimes qui ne furent égalés, en Europe, qu'après la Première Guerre

1. *Papyrus Harris I*, 79, 8-9 et 13.

mondiale et qui ne le sont toujours pas, aujourd'hui, sur une bonne partie de la planète.

Pourquoi les religions monothéistes, à commencer par le christianisme, pourtant né au Proche-Orient, se sont-elles attaquées à la femme ? Parce qu'elle est séduction et beauté, donc tentatrice, donc émissaire du mal ; un peu partout en Égypte, les chrétiens, qui comptaient un bon nombre de fanatiques, ont détruit de nombreuses figures féminines ou, moindre dommage, les ont recouvertes de couches de plâtre pour ne plus subir l'assaut de ces créatures à la beauté fatale. L'islam, lui, exclut toute représentation ; et les ravages que causèrent les envahisseurs arabes furent innombrables.

En Égypte ancienne, il existait de mauvais et de bons serpents ; parmi ces derniers, la déesse-Cobra des moissons et l'uræus femelle. Au front des pharaons, elle illuminait les ténèbres et libérait le chemin en écartant les ennemis ; aux yeux des chrétiens, cet indispensable serpent, lié à Isis-Hathor, devint l'emblème du diable et de la « mauvaise femme[1] ». Pendant les premiers siècles de notre ère, les cultes isiaques résistèrent à l'expansion du christianisme, qui finit par les éradiquer. Une théologie dogmatique remplaça la célébration des mystères d'Isis et d'Osiris, lesquels proclamaient la victoire de l'amour sur la mort.

Pour les femmes, les conséquences d'ordre spirituel furent terribles ; l'un des Pères de l'Église, Tertullien,

1. Voir, par exemple, M.-O. Jentel, « De la "Bonne Déesse" à la "Mauvaise Femme" : Quelques avatars du motif de la femme-serpent », *Échos du monde classique. Classical Views*, Calgary, 28, n° 2, 1984, p. 283-289.

précise qu'il leur est interdit de parler dans une église, de distribuer un enseignement, de baptiser, de faire offrande et d'avoir une activité rituelle. Placées sous tutelle économique par les Grecs, les femmes devinrent spirituellement inférieures aux hommes. À l'ère pharaonique, rappelons-le, elles jouaient un rôle spirituel et rituel majeur, et pouvaient accéder aux plus hautes fonctions.

Retrouveront-elles un jour cette dimension fondamentale ? Au terme de notre parcours, après avoir évoqué de multiples figures féminines, songeons à l'immense déesse-Ciel, Nout, cette Femme cosmique qui absorbe l'astre mourant et fait renaître, chaque matin, un nouveau soleil grâce au processus alchimique qui s'est opéré au sein de son corps étoilé. Oui, le ciel est Femme, et c'est de sa lumière que provient toute vie.

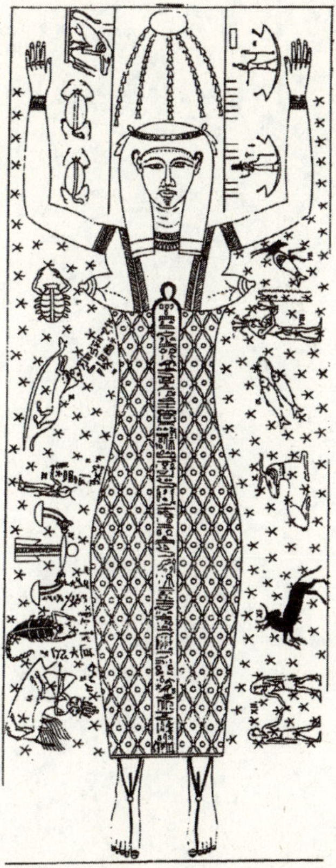

Pour les anciens Égyptiens, le ciel est une femme immense, au corps constellé d'étoiles, qui fait sans cesse renaître le soleil ; cette représentation tardive de Nout, la Femme cosmique, nous la montre entourée des signes du zodiaque.

(Sarcophage de Heter, Thèbes ; dessin de Brugsch)

REPÈRES CHRONOLOGIQUES[1]

ÉPOQUE PRÉDYNASTIQUE :
vers 3300 à 3150

ÉPOQUE ARCHAÏQUE
(dynasties I-II) : vers 3150-2690

ANCIEN EMPIRE
(dynasties III-VI) : vers 2690-2181

Dynastie III (2690-2613)
Principal règne :
Djéser (2670-2650)

Dynastie IV (2613-2498)
Principaux règnes :
Snéfrou (2613-2589)
Khéops (2589-2566)
Khéphren (2558-2532)
Mykérinos (2532-2504)

---

1. Les dates sont approximatives. La chronologie de l'Égypte ancienne continue à faire l'objet de débats complexes. Voir C. Jacq, *Initiation à l'égyptologie*, p. 32-33.

Dynastie V (2500-2345)
Principaux règnes :
Ouserkaf (2500-2491)
Sahourê (2491-2477)
Néferirkarê (2477-2467)
Ounas (2375-2345)

Dynastie VI (2345-2181)
Principaux règnes :
Téti (2345-2333)
Pépi Ier (2332-2283)
Pépi II (2278-2184)

PREMIÈRE PÉRIODE INTERMÉDIAIRE : de la VIIe dynastie à la première partie de la XIe dynastie

Dynasties VII-X
Nombre de pharaons inconnu.

Dynastie XI
Les Antef

MOYEN EMPIRE (dynasties XI-XII) : vers 2060-1785

Dynastie XI (suite)
Les Montouhotep

Dynastie XII (1991-1785)
Les Amenemhat et les Sésostris, dont Sésostris III (1878-1842) et Sobek-Néférou (1790-1785)

DEUXIÈME PÉRIODE INTERMÉDIAIRE
(dynasties XIII-XVII) :
1785-1570 (occupation hyksôs)

NOUVEL EMPIRE
(dynasties XVIII-XX) : 1570-1069

Dynastie XVIII (1570-1293[1])
Ahmosis (1570-1546)
Amenhotep Ier (1550 (?)-1524)
Thoutmosis Ier (1524-1518)
Thoutmosis II (1518-1504)
Hatchepsout (1498-1483)
Thoutmosis III (1504-1450)
Amenhotep II (1453-1419)
Thoutmosis IV (1419-1386)
Amenhotep III (1386-1349)
Amenhotep IV / Akhénaton (1350-1334)
Tout-Ânkh-Amon (1334-1325)
Ay (1325-1321)
Horemheb (1321-1293)

Dynastie XIX (1293-1188)
Ramsès Ier (1293-1291)
Séthi Ier (1291-1278)
Ramsès II (1278-1212)
Mérenptah (1212-1202)
Séthi II (1202-1196)
Amenmosé (1202-1199)
Siptah (1196-1188)
Taousert (1196-1188)

1. Pour des dates et des longueurs de règne différentes, voir C. Vandersleyen, *L'Égypte et la vallée du Nil*, PUF, t. II, p. 663.

Dynastie XX (1188-1069)
Sethnakht (1188-1186)
Ramsès III (1186-1154)
Ramsès IV à Ramsès XI (1154 à 1069)

TROISIÈME PÉRIODE INTERMÉDIAIRE (dynasties XXI-XXV) : 1069-672

Dynastie XXI (1069-945)

Dynasties XXII-XXIII (945-715), dites « libyennes »

Dynastie XXIV (730-715), dans le Delta

Dynastie XXV (750-656), dite « éthiopienne »

BASSE ÉPOQUE (dynastie XXVI à la conquête d'Alexandre) : 672-333

Dynastie XXVI, dite « saïte » (672-525)
Dynastie XXVII, première occupation perse : 525-405

Dynastie XXVIII (405-399)
Dynastie XXIX (399-380)
Dynastie XXX (380-342)

Seconde occupation perse : 342-333

Règnes des Ptolémées : 333-30

L'Égypte, province romaine : 30 av. J.-C.-395 apr. J.-C.

Égypte byzantine et copte : 395-639

Invasion arabe : 639

ABRÉVIATIONS UTILISÉES DANS LES NOTES ET LA BIBLIOGRAPHIE

ASAE : Annales du service des Antiquités de l'Égypte, Le Caire.

BES : Bulletin of the Egyptological Seminar, New York.

BIFAO : Bulletin de l'Institut français d'archéologie orientale, Le Caire.

BSEG : Bulletin de la Société d'égyptologie, Genève.

BSFE : Bulletin de la Société française d'égyptologie, Paris.

Caire, CG : Catalogue général.

Caire, JE : Journal d'entrée.

CdE : Chronique d'Égypte, Bruxelles.

DE : Discussions in Egyptology, Oxford.

GM : Göttinger Miszellen, Göttingen.

JARCE : Journal of the American Research Center in Egypt, New York.

JEA : The Journal of Egyptian Archaeology, Londres.

JNES : Journal of Near Eastern Studies, Chicago.

JSSEA : The Journal of the Society for the Study of Egyptian Antiquities, Toronto.

LdÄ : Lexikon der Ägyptologie, Wiesbaden.

MDIAK : Mitteilungen des Deutschen Instituts für Ägyptische Altertumskunde in Kairo, Wiesbaden.
RdE : Revue d'égyptologie, Paris.
SAK : Studien zur Altägyptischen Kultur, Hambourg.

RÉFÉRENCES DES ILLUSTRATIONS

CHAMPOLLION, J.-F., *Monuments de l'Égypte et de la Nubie*, Firmin Didot frères, Paris, 1835-1845.

DAVIES, N. de G., *The Tomb of Nefer-Hotep at Thebes*, Arno Press, New York, 1933.

DAVIES, N. de G., *The Tomb of Rekhmirê at Thebes*, Arno Press, New York, 1943.

DUNHAM D. et W. SIMPSON, *The Mastaba of Queen Mersyankh III* (*G 7530-7540*), Giza Mastabas I, Museum of Fine Arts, Boston, 1974.

FISCHER, H.W., *Egyptian Women of the Old Kingdom and of the Heracleopolitan Period*, The Metropolitan Museum of Art, New York, 1989.

LECLANT, J., *Recherches sur les monuments thébains de la XXVe dynastie dite éthiopienne*, IFAO, Le Caire, 1965.

MACRAMALLAH, R., *Le Mastaba d'Idout*, Le Caire, 1935.

NAVILLE, E., *Das aegyptische Todtenbuch*, A. Asher, Berlin, 1886.

Rites funéraires et voyage dans l'au-delà, Atlas, Paris, 2003.

SAMSON, J., *Nefertiti and Cleopatra*, Rubicon Press, Londres, 1985.

DROITS PHOTOGRAPHIQUES

BIBLIOGRAPHIE

ALLAM S., *Beiträge zum Hathorkult (bis zum Ende des Mittleren Reiches)*, Munich, 1963.

—, « Ehe », *LdÄ* I, 1162-1181.

—, « Familie », *LdÄ* II, 101-113.

—, « Geschwisterehe », *LdÄ* II, 568-570.

—, « Quelques aspects du mariage dans l'Égypte ancienne », *JEA* 67, 1981, p. 116-135.

—, « Die Stellung der Frau im alten Ägypten », *Bibliotheca Orientalis* 26, 1969, p. 155-159.

ALTENMÜLLER H., « Bemerkungen zu den neu gefundenen Daten im Grab der Königin Twosre (KV 14) im Tal der Könige von Theben », in *After Tutankhamun*, Londres-New York, 1992.

—, « Das Grab der Königin Tausret im Tal der Könige von Theben », *SAK* 10, 1983, p. 1-24 et *GM* 84, 1985, p. 7-17.

—, « Tausret und Sethnacht », *JEA* 68, 1982, p. 107-115.

ASSAAD F., *À propos de Hatchepsout. Mythe et Histoire*, Sesto Congresso internazionale di egittologia, Atti I, 1992, Turin, p. 23-27.

ASSMANN J., *Maât, l'Égypte pharaonique et l'idée de justice sociale*, Paris, 1999.

—, « Muttergattin », *LdÄ* IV, 264-6.

—, « Muttergottheit », *LdÄ* IV, 266-271.

BLACKMANN A.M., « On the Position of Women in the Ancient Egyptian Hierarchy », *JEA* 7, 1921, p. 8 *sq*.

BRINGMANN L., *Die Frau im ptolemaisch-kaiserlichen Ägypten*, 1939.

BRUNNER-TRAUT E., « Liebe », *LdÄ* III, 1034-1048.

—, « Die Stellung der Frau im Alten Ägypten », *Saeculum* 38, 1987, p. 312-335.

BRYAN B.M., « Evidence for Female Literacy from Theban Tombs of the New Kingdom », *BES* 6, 1984, p. 17-32.

COLE D., « The Role of Women in the Medical Practice of Ancien Egypt », *DE* 9, 1987, p. 25-9.

DRIOTON E., « La Femme dans l'Égypte antique », in *La Femme nouvelle*, Le Caire, 1950, p. 8-38.

DUNHAM D., SIMPSON W., *The Mastaba of Queen Mersyankh III* (*G 7530-7540*), Giza Mastabas I, Boston, 1974.

La Femme au temps des pharaons, Musées royaux d'Art et d'Histoire de Bruxelles, Mayence, 1985.

FEUCHT E., « Kind », *LdÄ* III, 424-437.

—, « Mütter », *LdÄ* IV, 253-263.

FISCHER H.G., « Administrative Titles of Women in the Old and Middle Kingdom », in *Varia (Egyptian Studies I)*, The Metropolitan Museum of Art, New York, 1976, p. 69-79.

—, *Egyptian Women of the Old Kingdom and of the Heracleopolitan Period*, The Metropolitan Museum of Art, New York, 1989.

FLAMARION E., *Cléopâtre. Vie et mort d'un pharaon*, Paris, 1993.

GABOLDE M., *Akhénaton, du mystère à la lumière*, Paris, 2005.

GALVIN M., *The Priestesses of Hathor in the Old Kingdom and the 1st Intermediate Period*, Brandeis University

Ph.D. 1981, University Microfilms International Order n° 8126877.

GAUTHIER-LAURENT M., « Les scènes de coiffure féminine dans l'ancienne Égypte », *Mélanges Maspero* II, 1935-38, p. 673 *sq*.

GITTON M., *L'Épouse du dieu Ahmes-Néfertary*, Besançon, 1975.

—, *Les Divines Épouses de la XVIIIe dynastie*, Besançon, 1984.

—, « Le rôle des femmes dans le clergé d'Amon à la XVIIIe dynastie », *BSFE* 75, 1976, p. 31-46.

GITTON M., LECLANT J., « Gottesgemahlin », *LdÄ* II, 792-812.

GOYON J.-C., « Isis-Scorpion et Isis au Scorpion », *BIFAO* 78, 1978, p. 439-458.

GRAEFE E., *Untersuchungen zur Verwaltung und Geschichte der Institution der Gottesgemahlin des Amun von Beginn des Neuen Reiches bis zur Spätzeit*, Wiesbaden, 1981.

HABACHI L., « La reine Touy, femme de Séthi Ier, et ses proches parents inconnus », *RdE* 21, 1969, p. 27-47.

HARARI I., « La capacité juridique de la femme au Nouvel Empire », *Revue internationale des droits de l'Antiquité*, Bruxelles, 30 (1983), p. 41-54.

« Hatchepsout, femme-Pharaon », *Les Dossiers d'Archéologie*, Dijon, 1993.

HELCK, W., « Beischläferin », *LdÄ* I, 684-6.

—, « Scheidung », *LdÄ* V, 559-560.

JÁNOSI P., « The Queens of the Old Kingdom and their Tombs », *BACE* 3, 1992, p. 51-57.

JÉQUIER G., « Les femmes de Pépi II », in S*tudies presented to F.LL. Griffith*, 1932, p. 9-12.

JUNGE F., « Isis und die ägyptischen Mysterien », in *Aspekte der spätägyptischen Religion*, 1979, p. 93-115.

KANAWATI N., « Polygamy in the Old Kingdom of Egypt », *SAK* 4, 1976, p. 149-160.
KMT, volume 5/4, 1994-1995, *Goddesses and Women*.
KUCHMAN L., « The Titles of Queenship », *Newsletter SSEA* 7, n° 3, 1977, p. 9-12 ; 9, 1978-9, p. 21-25.
LEBLANC C., *Ta Set Néferou. Une nécropole de Thèbes-Ouest et son histoire*, Le Caire, 1989.
—, *Néfertari, « l'Aimée de Mout »*, Monaco, 1999.
—, *Reines du Nil*, Paris, 2009.
LECLANT J., « Gottesgemahlin », *LdÄ* II, 792-815.
—, « Tefnout et les divines adoratrices thébaines », *MDIAK* XV, 1966, p. 166-171.
LE CORSU F., *Isis, mythe et mystères*, Paris, 1977.
LEHNER M., « The Pyramid Tomb of Hetep-Heres and the satellite pyramid of Khufu », *SDAIK* 19, Mayence, 1985.
LESKO B., *The Remarkable Women of Ancient Egypt*, Providence, 1987.
—, ed., *Women's Earliest Records from Ancient Egypt and Western Asia*, Atlanta, 1989.
LÜDDECKENS E., « Eheurkunde », *LdÄ* I, 1181-3.
MACRAMALLAH R., *Le Mastaba d'Idout*, Le Caire, 1935.
MALAISE M., « La position des femmes sur les stèles du Moyen Empire », *SAK* 5, 1977, p. 183-198.
MANNICHE L., *Sexual Life in Ancient Egypt*, Londres, 1987.
MARUÉJOL F., « La nourrice : un thème iconographique », *ASAE* 49, 1983, p. 311-319.
MONTET P., « Reines et pyramides », *Kêmi* XIV, 1957, p. 92-101.
MORENZ S., *Die Stellung der Frau im Alten Ägypten*, 1967.
MÜLLER D., « Gottesharim », *LdÄ* II, 815.
MÜNSTER M., *Untersuchungen zur Göttin Isis vom Alten Reich bis zum Ende des Neuen Reiches*, Munich, 1968.

MYSLIWIEC K., « La mère, la femme, la fille et la variante féminine du dieu Atoum », *Études et Travaux* 13, Varsovie, 1983, p, 297-304.

NAGUIB S.-A., *Le Clergé féminin d'Amon thébain*, Louvain, 1990.

—, « "Fille du dieu", "épouse du dieu", "mère du dieu" ou la métaphore féminine », in *The Intellectual Heritage of Egypt. Studies Kákosy*, Budapest, 1992, p. 437-447.

Nofret. Die Schöne, Die Frau im Alten Ägypten, Hildesheim, 1985.

PESTMAN P., *Marriage and Matrimonial Property in Ancient Egypt*, Leyde, 1961.

PIRENNE J., « Le statut de la femme dans l'ancienne Égypte », in *Recueils de la Société Jean-Bodin, XI : La femme*, Bruxelles, 1959, p. 63-77.

POMEROY S.B., *Women in Hellenistic Egypt from Alexander to Cleopatra*, New York, 1984.

QUAGEBEUR J., « Reines ptolémaïques et traditions égyptienne », in *Das ptolemaische Ägypten*, 1978, p. 245-262.

RATIÉ S., *La Reine Hatchepsout. Sources et problèmes*, Leyde, 1979.

REISER E., *Der königliche Harim im alten Ägypten und seine Verwaltung*, Vienne, 1972.

REISNER G.A., *A History of the Giza Necropolis*, vol. II, publication revue et complétée par W. Stevenson Smith. *The Tomb of Hetep-Heres, the Mother of Cheops*, Cambridge (Massachusetts), 1955.

REVILLOUT E., *La Femme dans l'Antiquité égyptienne* (*l'Ancienne Égypte d'après les papyrus et les monuments*, tome II), 1909.

SAMSON J., *Nefertiti and Cleopatra. Queen-Monarchs of Ancient Egypt*, Londres, 1985.

SANDER-HANSEN C.E., *Das Gottesweib des Amun*, Copenhague, 1940.

SCHMIDT H.C., WILLEITNER J., *Nefertari, Gemahlin Ramses II*, Mayence, 1994.

SCHOTT S., *Les Chants d'amour de l'Égypte ancienne*, Paris, 1955.

SCHULMAN A.R., « Diplomatic Marriage in the Egyptian New Kingdom », *Journal of Near Eastern Studies* 38, 1979, p. 177-193.

SCHULZE P.H., *Frauen im Alten Ägypten. Selbständigkeit und Gleichberechtigung im häuslichen und öffentlichen Leben*, Bergisch Galdbach, 1987.

SEIPEL W., « Harim, Harimsdäme », *LdÄ* II, 982-987.

—, « Hatschepsut I », *LdÄ* II, 1045-1051.

—, « Königin », *LdÄ* III, 464-468.

—, « Königsmutter », *LdÄ* III, 538-540.

—, *Untersuchungen zu den ägyptischen Königinnen der Frühzeit und des Alten Reiches*, Hambourg, 1980.

SIMPSON W.K., « Polygamy in Egypt in the Middle Kingdom ? », *JEA* 60, 1974, p. 100-105.

STEFANOVIC D., *Dossiers of Ancient Egyptian Women. The Middle Kingdom and Second Intermediate Period*, Londres, 2016.

TALLET P., *Douze reines d'Égypte qui ont changé l'Histoire*, Paris, 2013.

TANNER R., « Untersuchungen zur Rechstellung der Frau in pharaonischen Ägypten », *Klio* 45, 1966 et 46, 1967.

—, « Untersuchungen zur Ehe- und erbrechtlichen Stellung der Frau in pharaonischen Ägypten », *Klio* 49, 1967, p. 5-37.

TEFNIN R., *La Statuaire d'Hatshepsout, portrait royal et politique sous la XVIII*[e] *dynastie*, Bruxelles, 1979.

THAUSING G., GOEDICKE H., *Nofretari. A Documentation of the Tomb and its Decoration*, Graz, 1971.

THEODORIDES A., « Frau », *LdÄ* II, 280-295.

TROY L., *Patterns of Queenship in Ancient Egyptian Myth and History*, Uppsala, 1986.

TYLDESLEY J., *Daughters of Isis, Women of Ancient Egypt*, Harmondsworth, 1994.

VANDERSLEYEN C., « Les deux Ahhotep », *SAK* 8, 1980, p. 237-241.

VERCOUTTER J., La Femme en Égypte ancienne, in : *Histoire mondiale de la femme* I, 1965, pp. 61-152.

VERNER M., « Die Königsmutter Chentkaus von Abusir und einige Bemerkungen zur Geschichte der 5. Dynastie », *SAK* 8, 1980, p. 243-268.

WARD W.A., *Essays on Feminine Titles of the Middle Kingdom and related Subjects*, Beyrouth, 1986.

WATTERSON B., *Women in Ancient Egypt*, New York, 1991.

WENIG S., *La Femme dans l'ancienne Égypte*, Paris-Genève, 1967.

WERBROUCK M., *Les Pleureuses dans l'ancienne Égypte*, 1938.

WILDUNG D., « Nouveaux aspects de la femme en Égypte pharaonique », *BSFE* 102, 1985, p. 9-25.

—, « Métamorphoses d'une reine. La tête berlinoise de la reine Tiyi », *BSFE* 125, 1992, p. 15-28.

WILKINSON R.H., *Tausert. Forgotten Queen and Pharaoh of Egypt*, Oxford, 2012.

—, *The Temple of Tausret*, University of Arizona Egyptian Expedition, 2013.

YOYOTTE J., « Les vierges consacrées d'Amon thébain », *Compte rendus de l'Académie des inscriptions et belles lettres*, 1961, p. 43-52.

—, « Les Adoratrices de la Troisième Période intermédiaire », *BSFE* 64, 1972, p. 31-52.

ŽABKAR L.V., *Hymns to Isis in Her Temple at Philæ*, Hanovre-Londres, 1988.

ZIEGLER C., « Notes sur la reine Tiyi », in *Hommages à Jean Leclant* I, 1994, p. 531-548.
—, *Reines d'Égypte. D'Hétéphérès à Cléopâtre*, Monaco-Paris, 2008.
ZIVIE C.M., « Nitokris », *LdÄ* IV, 513-4.

TABLE DES MATIÈRES

Composition et mise en pages
Nord Compo à Villeneuve-d'Ascq

Imprimé en Espagne par:
BLACK PRINT
en janvier 2021

S29870/01

POCKET, 92 Avenue de France, 75013 Paris